**The item should be returned or renewed
by the last date stamped below.**

Dylid dychwelyd neu adnewyddu'r eitem erbyn
y dyddiad olaf sydd wedi'i stampio isod

PILLGWENLLY

To renew visit / Adnewyddwch ar
www.newport.gov.uk/libraries

Llestri'r DYLLUAN

ALAN GARNER

Addasiad gan Bethan Gwanas

atebol

I Cinna

"The owls are restless.
People have died here,
Good men for bad reasons,
Better forgotten.
            (R.S. Thomas, *The Bread of Truth*)

I will build my love a tower
By the clear crystal fountain,
And on it I will build
All the flowers of the mountain.
                              (Tradd.)

Possessive parents rarely live long enough to see the fruits of
their selfishness.
                              (*Radio Times*, 15 Medi 1965)

"Ni'th laddaf di. Fe wnaf iti rywbeth sy'n waeth. Dyma yw hynny
... dy ollwng di yn rhith aderyn. Ac oherwydd y cywilydd a
wnaethost ti i Leu Llaw Gyffes, na feiddia dithau ddangos dy
wyneb fyth liw dydd a hynny gan ofn yr holl adar ... ac ni cholli
di dy enw ond dy alw fyth yn Flodeuwedd."
    (Diweddariad Dafydd a Rhiannon Ifans, *Y Mabinogion*, 1980)

"Dos i'r tywyllwch at y tylluanod,
I foesau'r lloer a'r ceubren. Y funud hon,
Wrth groesi'r trothwy a swatio rhag yr haul
Fe droir dy grechwen yn sgrech gwdihŵ,
A byth liw dydd ni feiddi ddangos d'wyneb."
                              (Saunders Lewis, *Blodeuwedd*)

Pennod 1

"Sut mae'r poen bol?"

Brathodd Gwyn ei ben drwy'r drws. Roedd Alison yn eistedd yn y gwely mawr â bwlynnau pres. Roedd Bacchws ifanc wedi'i gerfio ar y colofnau porslen a darn o lechen o dan un goes am fod pant yn y llawr.

"Yn boen," meddai Alison. "A dwi'n rhy boeth."

"Tyff," meddai Gwyn. "Ro'n i methu dod o hyd i lyfrau, felly dwi wedi dod ag un o fy llyfrau ysgol i. Dwi fod i'w ddarllen o ar gyfer Llenyddiaeth, ond mae croeso i ti ei gael o. Mae'n edrych yn uffernol o ddiflas."

"Diolch beth bynnag," meddai Alison.

"Mae Roger wedi mynd i nofio. Ti isio cwmni?"

"Paid â phoeni amdana i," meddai Alison.

"Iawn," meddai Gwyn. "Hwyl 'ta."

Llithrodd wysg ei ochr i lawr canllaw'r grisiau at landing y llawr cyntaf.

"Gwyn!"

"Ia? Be sy? Ti'n iawn?"

"Brysia!"

"T'isio powlen? Mynd i daflu i fyny wyt ti?"

"Gwyn!"

Rhedodd yn ei ôl. Roedd Alison yn penlinio ar y gwely.

"Gwranda," meddai wrtho. "Glywi di hynna?"

"Be?"

"Y sŵn yn y nenfwd. Gwranda."

Roedd y tŷ yn dawel. Roedd Mostyn Lewis-Jones yn galw ar y defaid ar y mynydd ac roedd rhywbeth yn crafu ar y nenfwd uwch ben y gwely.

"Llygod," meddai Gwyn.

"Rhy swnllyd," meddai Alison.

"Llygod mawr 'ta."

"Na, gwranda. Rhywbeth caled ydi o."

"Angen torri eu gwinedd nhw."

"Ddim llygod mawr sy 'na," meddai Alison.

"Ia, tad. Ar y pren maen nhw – dyna pam eu bod nhw mor swnllyd."

"Glywais i o y noson gynta un," meddai Alison, "a bob nos ers hynny, 'chydig funudau ar ôl i mi fynd i'r gwely."

"Llygod mawr," meddai Gwyn. "Hen bethe digywilydd."

"Naci," meddai Alison. "Sŵn rhywbeth yn trio mynd allan ydi o. Mae'r crafu fymryn yn uwch bob nos. A heddiw mae'n uwch nag erioed – a dydi o ddim yno drwy'r adeg."

"Wedi blino erbyn hyn mae o," meddai Gwyn.

"Heddiw, mae'r crafu'n dechrau pan mae'r poen yn ddrwg. Tydi hynna'n od?"

"Ti sy'n od," meddai Gwyn. Safodd ar y gwely a chnocio'r nenfwd. "Chi fyny fan'na! Cerwch i grafu!"

Clenciodd y gwely wrth iddo ddisgyn a glanio'n galed, ac eistedd yn syllu'n gegagored ar Alison. Roedd ei gnocio wedi cael ateb.

"Gwyn, gwna fo eto!"

Cododd Gwyn.

Cnoc cnoc.

Crafu crafu.

Cnoc.

Crafu.

Cnoc cnoc noc.

Crafu crafu crafu.

Cnoc – cnoc noc.

Crafu – crafu crafu.

Chwibanodd Gwyn. "Hei," meddai. "Dylai'r llygod mawr yma fod yn yr ysgol ramadeg yn Aber." Neidiodd oddi ar y gwely. "Rŵan, ble welais i o? Wn i – yn y cwpwrdd 'ma."

Agorodd Gwyn ddrws wrth simdde'r llofft. Roedd yn ofod cul fel cwpwrdd, gyda hatsh yn y nenfwd.

"'Den ni angen ysgol," meddai Gwyn.

"Fedri di mo'i gyrraedd o wrth sefyll ar y sinc?" gofynnodd Alison.

"Rhy beryg. 'Den ni angen ysgol fach a morthwyl. Mae'r cetyn sy'n ei ddal o wedi rhydu'n sownd. A'i i nôl rhai o'r stabal."

"Paid â bod yn rhy hir," meddai Alison. "Dwi ar bigau drain."

"'Llygod Mawr Medrus Gwyn' – sut mae hynna'n swnio? Mi fasen ni'n gneud ffortiwn ar y teli."

Daeth yn ei ôl gydag ysgol, morthwyl a thrap caets.

"Mae Mam yn y gegin, felly fethais i nôl abwyd."

"Mae gen i siocled," meddai Alison. "Fruit a Nut – neith hwnnw?"

"Tsiampion," meddai Gwyn. "Ty'd â fo yma."

9

Doedd ganddo ddim digon o le i daro'n galed gyda'r morthwyl, a disgynnodd darnau o rwd a hen baent yn ei wyneb.

"Mae 'na rywun wedi peintio drosto fo," meddai. "Does 'na neb wedi bod i fyny fan'ma ers blynyddoedd. A-ha, dyna fo."

Daeth y cetyn oedd yn dal yr hatsh yn rhydd. Dringodd Gwyn i lawr am dortsh Alison. Sychodd ei wyneb ar ei lawes, a wincio arni.

"Mae hynna wedi cau eu cegau nhw, beth bynnag."

Fel roedd o'n dweud hyn, dechreuodd y crafiadau ar y drws uwch ei ben, yn uwch nag erioed.

"Does 'na'm rhaid i ti ei agor o," meddai Alison.

"A deud ta ta i'r clod a'r cyfoeth?"

"Paid â chwerthin am y peth. Does 'na'm rhaid i ti ei neud o er fy mwyn i, Gwyn. Bydd yn ofalus – mae'n swnio mor finiog, yn gry a miniog."

"Pwy glywi di'n chwerthin, hogan?" Daeth â mop sych o'r landing a gosod y pen yn erbyn y drws yn y nenfwd. Roedd y crafu wedi dod i ben. Gwthiodd yn galed ac agorodd y drws gyda chlec. Suddodd y llwch mewn cwmwl.

"Mae'n olau," meddai Gwyn. "Mae 'na wydr yn y to."

"Bydd yn ofalus," meddai Alison.

"'Oes 'na rywun yna?" meddai'r Teithiwr' – larawarawarawarawara!" Ysgydwodd Gwyn y mop drwy'r twll. "Dim byd, yli."

Dringodd nes bod ei ben uwchlaw lefel y distiau. Aeth Alison at waelod yr ysgol.

"Llwyth o faw a gwellt. Ti'n dod fyny?"

"Nac'dw," meddai Alison. "Ga i glefyd y gwair yn y llwch 'na i gyd. Dwi'n alerjic."

"Mae 'na ogla," meddai Gwyn, "fel sent blodau ... dwi ddim yn hollol — ia, ogla erwain. Rhyfedd. Mae'n rhaid ei fod o'n chwythu drosodd o'r afon. Ac mae'r llechi'n teimlo'n grasboeth."

"Fedri di weld be sy'n gneud y sŵn?" meddai Alison.

Gosododd Gwyn ei ddwylo bob ochr i'r hatsh a chodi ei goesau.

"Dim ond lle i'r tanciau dŵr a ballu sy 'ma," meddai. "Ddoes 'na ddim llawr go iawn. Ond aros funud!"

"Ble ti'n mynd? Cymer ofal." Gallai Alison glywed Gwyn yn symud ar draws y nenfwd.

Yng nghornel bella'r garat gorweddai styllen dros y distiau, ac arni roedd set gyfan o lestri – tyrau tewion o blatiau, mynydd o bowlenni, i gyd wedi'u gorchuddio gyda llwch, gwellt, baw adar a llygod, a darnau o nythod wedi duo.

"Be sy 'na?" Roedd Alison wedi dringo'r ysgol ac yn dal hances dros ei thrwyn.

"Platiau. Llwyth o'nyn nhw."

"Ydyn nhw wedi torri?"

"Does 'na'm byd o'i le efo nhw hyd y gwela i, heblaw baw. Maen nhw'n reit neis – gwyrdd ac aur yn sgleinio drwy'r gwellt."

"Ty'd ag un i lawr, ac mi olchwn ni o."

Edrychodd Alison ar Gwyn yn codi plât o dop y pentwr agosaf, ac wedyn yn simsanu a bron rhoi ei droed rhwng distiau'r nenfwd.

"Gwyn! Ti sy 'na?"

"Wps!"

"Plis ty'd i lawr."

"Iawn. Rho eiliad i mi. Mae hi mor blwmin boeth yma aeth fy llygaid i'n groes am eiliad."

Daeth yn ei ôl ati a rhoi'r plât iddi.

"Dwi'n meddwl bod dy fam yn gweiddi arnat ti," meddai Alison.

Dringodd Gwyn i lawr a mynd at dop y grisiau.

"Be dach chi isio, Mam?"

"Cer i nôl dwy letysen i mi o'r ardd!" Roedd llais ei fam yn adleisio o'r gwaelod. "Reit handi!"

"Dwi'n brysur!"

"Dwyt ti ddim!"

Tynnodd Gwyn wyneb. "Golcha di'r plât," meddai wrth Alison. "Fydda i 'nôl rŵan." Cyn mynd i lawr y grisiau rhoddodd Gwyn y trap caets yn y garat a chau'r hatsh.

"Pam wnest ti hynna? Welaist ti ddim byd, naddo?" meddai Alison.

"Naddo," meddai Gwyn. "Ond mae 'na faw llygod yna. Dwi'n dal isio gwbod pa fath o lygod mawr sy'n gallu cyfri."

Pennod 2

Aeth Roger drwy'r dŵr bas at y lan gan dasgu dŵr i bob man. Ymwthiai slabyn o garreg lechen allan o'r tir wrth ei ymyl, a gorweddodd yn ei ôl i ganol yr ewyn o erwain a dyfai'n drwchus o'i gwmpas. Casglodd y coesynnau yn ei freichiau a thynnu'r pennau llaethog i lawr dros ei wyneb i'w gysgodi rhag yr haul.

Drwy'r blodau gallai weld ôl awyren yn symud ar draws yr awyr, ond yr unig synau oedd yr afon a ffarmwr yn hel defaid rhywle i fyny'r cwm.

Roedd y mynyddoedd yn dringar yn y gwres. Gyda choron o goed pinwydd, edrychai'r grib uwch ben y tŷ yn ddu yn erbyn golau'r haf. Anadlodd bersawr oerfelys y blodau. Gallai deimlo'r haul yn llusgo'n ddwfn yn ei freichiau a'i goesau.

Hedfanodd rhywbeth heibio, yn eiliad dywyll ar y dail. Roedd yn drwm a chyflym ac yn curo'n galed. Gallai Roger deimlo'r cryndod drwy'r garreg, a chlywodd sgrech.

Roedd Roger ar ei draed, yn ei gwrcwd, ei ddwylo'n llydan a pharod, ond roedd y cae yn wag, a'r sgrech wedi mynd. Daliodd yr adlais yn llais pell y ffarmwr a chri gylfinir draw ar y mynydd. Doedd dim golwg o neb. Roedd calon Roger ar garlam, a theimlai'n oer yng ngwres yr haul. Edrychodd ar ei ddwylo. Roedd yr erwain wedi torri drwy'r croen, a diferion coch yn fwclis drostynt. Roedd y blodau'n drewi o oglau gafr.

Safodd yn erbyn y garreg lechen. Pwysai'r mynyddoedd i lawr drosto, yn barod i lenwi'r cwm. "Brrr—" Rhwbiodd ei freichiau a'i goesau gyda'i ddyrnau. Roedd yn groen gŵydd drosto. Edrychodd i fyny ac i lawr yr afon, ar y dŵr yn llifo fel olew dan y coed ac yn torri ar y cerrig. "Be goblyn oedd hynna? Tric sain? A'r bryniau 'na – bysan nhw'n drysu pen unrhyw un." Pwysodd ei gefn yn erbyn y llechen. "Paid ti â symud. Dwi'n dy wylio di. Dyna welliant – Hei, be 'di hyn?"

Roedd 'na dwll yn y llechen. Roedd o'n grwn a llyfn, ac yn mynd reit drwadd i'r ochr arall. Teimlo'r twll wnaeth o, cyn ei weld. Ydi'r llechen wedi cael ei thyllu ar bwrpas, neu ai hap a damwain ydi o? meddyliodd. Gwastraff amser os nad ydi o'n naturiol, ond chwip o joban fanwl, os nad ydi o hefyd. "Argol, am ffliwcen!" Roedd Roger wedi gosod ei hun o flaen y twll i weld a oedd yn syth, ac roedd yn edrych ar y grib o goed pinwydd uwch ben y tŷ. Roedd y twll yn fframio'r coed yn berffaith ... "Brrr, dyro ddillad amdanat."

Cerddodd Roger i fyny drwy'r ardd o'r afon.

Roedd Huw Hanerob yn cribinio'r graean ar y dreif o flaen y tŷ, ac yn siarad gyda Gwyn, oedd yn taro dwy letysen yn erbyn ei gilydd i ysgwyd y pridd o'r gwreiddiau.

"Diwrnod da i nofio," meddai Huw.

"Yndi," meddai Roger. "Perffaith."

"Braf."

"Ia."

"Oeddech chi'n nofio?" meddai Huw.

"Dyna pam dwi'n gwisgo tryncs," meddai Roger.

"Mae'n ddiwrnod gwych i hynny," meddai Huw. "Nofio."

"Yndi."

"Yn y dŵr," meddai Huw.

"Rhaid i mi newid," meddai Roger.

"Ddo i efo ti," meddai Gwyn. "Dwi isio gair."

"Mae'r boi yna'n hurt bost," meddai Roger pan oedden nhw allan o glyw Huw. "Mae ei feddwl wedi mynd mor bell mae o ar ei ffordd 'nôl."

Eisteddodd y ddau ar y teras. Roedd yno gysgod oherwydd ei fod mor serth, ac oddi tanyn nhw disgleiriai'r afon drwy'r coed. "Brysia 'ta," meddai Roger. "Dwi'n oer."

"Mi ddigwyddodd rhywbeth jest rŵan," meddai Gwyn. "Roedd 'na swn crafu yn y garat uwch ben llofft Alison."

"Llygod," meddai Roger.

"Dyna ddeudes i. Ond pan wnes i gnocio i'w dychryn nhw – wnaethon nhw gnocio'n ôl."

"Cer o 'ma!"

"Wir yr. Felly es i fyny i sbio. Mae 'na lwyth o blatiau budron i fyny yna – gorfod bod yn werth punnoedd."

"O? Difyr. Ddoist ti â nhw i lawr?"

"Un. Mae Alison yn ei olchi o. Ond be am y swn crafu?"

"Does wbod. Ond y platiau 'ma – sut rai ydyn nhw? Pam oedden nhw i fyny yna?"

"Do'n i methu gweld llawer. Wnes i holi Huw amdanyn nhw."

"Wel?"

"Wnaeth o ddeud, 'Gwylia sut wyt ti'n sbio arni.'"

"Pwy? Ali? Be sy gynni hi i'w neud efo'r peth?"

"Ddim Alison. Dwi'm yn gwbod pwy oedd o'n feddwl. Pan wnes i ddeud 'mod i wedi dod o hyd i'r platiau wnaeth o stopio cribinio am eiliad a deud hynna: 'Gwylia sut wyt ti'n sbio arni.' Wedyn mi ddoist ti."

"Dwi'n deud wrthat ti, mae'r boi off ei ben. Pam ei fod o'n cael ei alw'n Huw Hanerob, beth bynnag?"

"Hen air Cymraeg am fochyn ydi hob, a hanner mochyn wedi'i halltu ydi hanerob. Mae'n cael ei alw'n Huw Hannerbacwn hefyd."

"Mae'n ei siwtio fo."

"Llysenw ydi o," meddai Gwyn.

"Be ydi'i enw iawn o?"

"Dwi'm yn meddwl ei fod o'n gwbod. Roger? Mae 'na un peth arall. Ond dwi'm isio i ti chwerthin."

"Iawn."

"Wel, pan gydiais i yn y plât, es i'n rhyfedd i gyd. Rhyw fath o bigo yn fy nwylo i, ac aeth pob dim yn niwlog rhywsut – ti'n gwbod fel sy'n digwydd yn y pictiwrs – mae'r sgrin weithie'n mynd yn aneglur ac wedyn yn dod yn ôl yn iawn? Roedd o fel'na, ond pan o'n i'n gallu gweld yn iawn eto, roedd o'n wahanol rhywsut. Roedd 'na rywbeth wedi newid."

"Fel pan ti'n gwylio rhywun sy'n cysgu, ac maen nhw'n deffro," meddai Roger. "Dydyn nhw ddim yn symud, does 'na'm byd yn digwydd, ond ti'n gwbod eu bod nhw'n effro."

"Yn union fel'na!" meddai Gwyn. "Yn union! Yn hollol! Gwell na be o'n i'n drio'i ddeud! Argol, ti'n un sydyn, dwyt?"

"Fedri di ddeud rhywbeth wrtha i am graig efo twll ynddi i lawr wrth yr afon?" meddai Roger.

"Slabyn mawr o lechen?" meddai Gwyn.

"Ia, yn y cae."

"Llech Ronw ydi honna, ond dwi'm yn gwbod pam. Gofyn i Huw. Mae o wedi gweithio yma ar hyd ei fywyd."

"Dim diolch. Byddai'n rhoi rhyw adroddiad o'r *stockmarket* yn Llundain i mi."

"Pam wyt ti isio gwbod, beth bynnag?" meddai Gwyn.

"O'n i'n torheulo yno," meddai Roger. "Wyt ti'n dod i weld sut hwyl gafodd Ali ar dy blât di?"

"Yn y munud," meddai Gwyn. "Dwi'n gorfod gollwng rhain yn y gegin i Mam. Wela i di yno."

Newidiodd Roger yn sydyn a mynd i fyny i weld Alison. Roedd ei lofft o yn union o dan ei llofft hi, ar y llawr cyntaf.

Roedd hi'n plygu dros blât oedd ar ei phengliniau. Roedd darn o bapur dros y plât ac roedd hi'n tynnu llun rhywbeth gyda phensel.

"Be ydi'r peth 'ma dach chi wedi dod o hyd iddo fo?" meddai Roger.

"Dwi bron â gorffen," meddai Alison. Roedd hi'n dal i symud y papur wrth dynnu llun. "Dyna ni! Be ti'n feddwl o hynna?" Roedd ei bochau hi'n goch.

Cymerodd Roger y plât a'i droi drosodd. "Dim marc i ddeud pwy wnaeth hi. Bechod. Ro'n i wedi meddwl y byddai'n dipyn o drysor. Ond rhywbeth reit gyffredin ydi o: stwff tew: ddim yn werth llawer."

"Ti a dy stwff tew! Edrycha ar y patrwm!"

"Ia ... wel?"

"Fedri di'm gweld be ydi o?"

"Cynllun abstract mewn gwyrdd o gwmpas yr ochr, efo rhyw 'chydig o ddarnau aur blêr."

"Ti'n trio bod yn dwp, Roger? Edrycha ar y darn yna! Pen tylluan ydi o."

"Ia? Mae'n siŵr, os ti'n mynnu. Tri phen deiliog efo rhyw ffidlan abstract blodeuog rhwng bob un ... ia, am wn i."

"Tydi o ddim yn abstract," meddai Alison. "Y corff ydi hwnna. Os wyt ti'n cymryd y cynllun oddi ar y plât ac yn ei ffitio efo'i gilydd mae'n gneud tylluan gyfa'. Sbia. Dwi wedi trêsio dau ddarn o'r cynllun, a'r cwbl sy'n rhaid gneud ydi troi'r pen reit rownd nes ei fod o ben i lawr, ac wedyn ei osod o wrth dop y prif batrwm lle mae'n dilyn rhimyn y plât. Dyna ti. Tylluan – pen, adenydd a bob dim."

"Felly tylluan ydi hi," meddai Roger yn sychlyd, "tylluan mae rhywun wedi eistedd arni."

"Aros di funud," meddai Alison, gan ddechrau torri o amgylch y cynllun gyda siswrn. Pan oedd hi wedi gorffen, pwysodd y pen ymlaen, plygu'r coesau, cyrlio'r traed a gosod y dylluan i glwydo ar ochr ei chanhwyllbren.

Chwarddodd Roger. "Ia, ti'n iawn! Tylluan!"

Tylluan oedd hi yn bendant: tylluan flodeuog, wahanol. Roedd plygu'r coesau wedi crymu'r cefn, gan roi iddi ystum anhyblyg corff tylluan. Rhythodd arnyn nhw o dan ei haeliau trymion.

"Mae hwnna'n goblyn o dda," meddai Roger. "Sut wnest ti weithio fo allan – y trêsio, a sut i'w blygu o?"

"Weles i hi y munud ro'n i wedi golchi'r plât," meddai Alison. "Roedd o'n amlwg."

"Oedd o?" meddai Roger. "Faswn i byth wedi meddwl am hynna. Dwi'n ei licio fo."

"Hi," meddai Alison.

"Fedri di ddeud? Iawn. Hi. Dwi'n ei licio hi." Tapiodd ben y dylluan gyda'r bensel, gan wneud i'r corff siglo ar ei glwyd. "Helô 'na!"

"Paid," meddai Alison.

"Be?"

"Paid â'i chyffwrdd hi."

"Wyt ti'n iawn?"

"Rho'r bensel i mi. Rhaid i mi neud mwy," meddai Alison.

"Mi rois i'r letys wrth y sinc," galwodd Gwyn. "Dwi'n mynd i weld Alison."

"Aros di funud, fachgien," meddai ei fam. "Mae angen golchi'r letys 'na. Dim ond un pâr o ddwylo sy gen i."

Torrodd Gwyn y gwreiddiau i mewn i fwced y moch a rhedeg dŵr yn y sinc. Daeth ei fam drwodd o'r pantri. Roedd hi'n paratoi i wneud bara. Rhwygodd Gwyn y dail oddi ar y letys a'u rinsio yn y dŵr. Siaradodd yr un ohonyn nhw am hir.

"Mi wnes i ddeud wrthat ti i frysio efo'r letys 'na," meddai ei fam. "Est ti'n ôl i Aber i'w nôl nhw?"

"Siarad o'n i," meddai Gwyn.

"O?"

"Efo Roger."

"Roeddet ti'n siarad efo Hanerob," meddai ei fam. "Mae gen i bâr o lygaid, 'sti."

"Wel?"

"Mi wnes i ddeud wrthat ti am gadw draw o hwnna, yndô?"

"Dim ond eiliad o'n i."

"Cadwa di'n ddigon pell o'r hen ffŵl yna, ti'n clywed? Dwi'n deud wrthat ti!"

"Tydi o ddim mor hen â hynny," meddai Gwyn.

"Paid ti â bod fel'na efo fi," meddai ei fam. "T'isio pelten? Mi gei di un â chroeso."

"Mae 'na falwod yn y letys 'ma," meddai Gwyn.

"Roeddech chi'n siarad Cymraeg, hefyd."

"Tydi Saesneg Huw ddim yn wych. Tydi o ddim yn gallu deud be mae'n feddwl."

"Ti'n gwbod 'mod i ddim isio dy glywed di'n siarad Cymraeg. Dwi ddim wedi stryffaglu am yr holl flynyddoedd yn Aber 'ma i dy gael di'n siarad fel labrwr. Mi faswn i wedi gallu aros yn y cwm taswn i isio hynny."

"Ond Mam, mae'n rhaid i mi ymarfer! Mae'r arholiadau flwyddyn nesa."

"Taswn i'n gwbod y bydden nhw'n dy lenwi di efo'r rwtsh yna faset ti byth wedi cael mynd i'r ysgol ramadeg."

"Ia, Mam. Dach chi'n deud hynna o hyd."

"Am be oeddech chi'n siarad 'ta?"

"Do'n i ddim ond yn gofyn a allai o ddeud wrtha i pam fod y platiau 'na yn y to uwch ben llofft Alison."

Gwnaeth y distawrwydd i Gwyn droi rownd. Roedd ei fam yn pwyso yn erbyn y bwrdd pobi, un llaw wedi'i gwasgu ar ei hochr denau.

"Dwyt ti ddim wedi bod yn y to 'na, fachgien?"

"Do. Roedd Alison yn ffysian 'chydig, felly es i i fyny, a dod o hyd i'r platiau 'ma. Wnes i'm cyffwrdd – dim ond un. Mae hi'n ei lanhau o."

"Yr hen Alison 'na!" meddai mam Gwyn, ac anelu am y grisiau, yn crafu ei breichiau llawn blawd i lawr ei ffedog. Dilynodd Gwyn hi.

Clywson nhw Alison a Roger yn chwerthin. Cnociodd mam Gwyn ar y drws a mynd i mewn.

Roedd Alison a Roger yn chwarae gyda thri aderyn bychan wedi'u creu o bapur. Roedd un ar y ganhwyllbren a'r ddau arall drws nesa i'w gilydd ar gefn cadair. Roedd y plât ddaeth Gwyn o'r garat nesaf at obennydd Alison ac wedi'i orchuddio gyda darnau o bapur. Gwthiodd Alison y plât y tu ôl iddi pan ddaeth mam Gwyn i mewn.

"Rŵan 'ta, Miss Alison, be ydi'r lol platiau 'ma?"

"Platiau, Nansi?"

"Os gwelwch chi'n dda."

"Pa blatiau, Nansi?"

"Dach chi'n gwbod yn iawn be dwi'n feddwl, Miss Alison. Y platiau o'r garat."

"Be amdanyn nhw?"

"Ble maen nhw?"

"Dim ond un sy 'na, Mam," meddai Gwyn.

"Gwyn!" meddai Alison.

"Wnewch chi roi'r plât 'na i mi, os gwelwch yn dda, Miss."

"Pam?"

"Doedd gynnoch chi ddim hawl mynd i fyny yna."

"Es i ddim yno."

"Na gyrru fy mab i i fyny chwaith."

"Wnes i mo'i yrru o."

"Esgusodwch fi," meddai Roger, "mae gen i bethau i'w gneud." Diflannodd allan o'r llofft.

"Peidiwch â gwastraffu'n amser i, os gwelwch yn dda, Miss Alison. Plis rhowch y plât 'na i mi."

"Nansi, dach chi'n hisian fel rhyw hen ŵydd."

"Rhowch y plât i mi, os gwelwch yn dda, Miss Alison."

"Tŷ pwy ydi hwn, beth bynnag?"

Sythodd mam Gwyn. Aeth hi draw at y gwely a dal ei llaw allan. "Os gwelwch chi'n dda. Mi welais i lle roesoch chi o o dan y gobennydd."

Eisteddodd Alison yn stiff yn y gwely. Meddyliodd Gwyn am eiliad ei bod am hel ei fam allan o'r stafell. Ond estynnodd y tu ôl iddi a thynnu'r plât allan, a'i daflu ar y gwely.

Cymerodd mam Gwyn o. Roedd yn blât gwyn, cyffredin, heb addurniadau.

"Iawn, Miss Alison, felly fel'na ma'i dallt hi."

Gadawodd Nansi y stafell gyda'r plât yn ei llaw. Safodd Gwyn wrth y drws a rhoi chwiban fud.

"Ti wedi chwarae *Find the Lady*, do?" meddai. 'Rŵan ti'n 'ngweld i, a rŵan ti ddim.' Pwy ddysgodd hynna i ti, hogan?"

PENNOD 3

"Ti wedi achosi andros o ffrae," meddai Roger. "Mae Nansi wedi bod yn taflu'i ffedog dros ei phen yn bygwth bob dim dan haul. Mae dy fam wedi cael ffit o lewygu a rŵan mae Nansi ar ei cheffyl go iawn. Mae hi wedi rhoi ei notis i Dad dair gwaith yn barod."

"Pam na wnaiff o ei dderbyn o?" meddai Alison.

"Ti'n gwbod sut un ydi Dad bellach," meddai Roger. "Unrhyw beth am fywyd tawel – dyna pam does gynno fo'm un. Ond roedd gen ti wyneb, yn ffeirio'r platiau fel'na. Bechod ei bod hi'n gwbod bod 'na batrwm ar y platiau. Sut wnest ti lwyddo?"

"Wnes i ddim."

"Paid â malu."

"Wnes i ddim. Dyna'r plât wnes i ei drêsio."

"Ond mae Gwyn yn deud dy fod ti wedi rhoi un plaen, cyffredin iddi."

"Diflannodd y patrwm."

Dechreuodd Roger chwerthin, yna stopio.

"Ti o ddifri, dwyt?"

Nodiodd Alison.

"Ali, dydi o ddim yn bosib," meddai Roger. "Roedd 'na *glaze* ar y plât, ac roedd y patrwm o dan y *glaze*. Allai o byth gael ei rwbio i ffwrdd."

"Ond mi wnaeth," meddai Alison.

"Ond allai o byth, fy llyschwaer annwyl i. Ddangosa i i ti."

Dringodd Roger yr ysgol ac agor yr hatsh.

"Mae'n rhy dywyll. Ble mae'r dortsh?"

"Fan hyn," meddai Alison. "Fedri di weld y platiau? Maen nhw mewn cornel i dy chwith di."

"Galla. Ddo i â chwpwl i brofi eu bod nhw i gyd 'run fath."

"Ty'd â mwy. Cymaint â fedri di. Gad i ni gael nhw. Pasia nhw lawr i mi."

"Gwell i ni beidio," meddai Roger, "ar ôl y ffys. Ond dwi'm yn meddwl neith neb weld colli'r rhain."

"Watsia'r distiau," meddai Alison. "Bron i Gwyn ddisgyn drwy'r nenfwd yn fan'na. Roedd o'n od."

"Bet ei fod o!"

"Na, go iawn. Ofnadwy o od. Mi lithrodd o pan gyffyrddodd o'r plât, ac aeth o'n gysgod i gyd. Jest am eiliad doedd o'm yn edrych fel Gwyn."

"Y darn tywylla o'r garat ydi hwn," meddai Roger.

Golchodd y ddau y platiau a mynd â nhw at y ffenest. Sgwriodd Roger y *glaze* gyda brwsh gwinedd. "Mae'r *glaze* wedi darfod," meddai. Pigodd o gyda'i ewin. "Mae'n dod i ffwrdd yn hawdd."

"Iawn," meddai Alison, "Dwi isio trêsio'r tylluanod yma cyn i'r golau fynd. Dwi'n mynd i'w neud o'n iawn tro 'ma, efo papur caletach."

"Dim mwy!" meddai Roger. "Pam wyt ti isio mwy? Ble mae'r tri wnest ti gynnau?"

"Do'n i methu dod o hyd iddyn nhw."

"Os wyt ti'n mynd i ddechra'r tynnu lluniau 'na eto, dwi'n

mynd," meddai Roger. "Pan wyt ti wedi gneud un, ti wedi'u gneud nhw i gyd. A' i â dy betha swper di i'r gegin?"

"Dwi'm wedi cael swper," meddai Alison.

"Ddoth Dad ddim â fo i ti?"

"Naddo."

Gwenodd Roger. "Wnaeth dy fam di ei yrru o i neud sioe o fod yn dad llym."

"Ddoth o ddim."

"Go dda, Dad," meddai Roger.

Aeth Roger i lawr y grisiau ac allan drwy'r gegin i gefn y tŷ. Clustfeiniodd wrth ddrws adeilad hir arferai fod yn llaethdy ond a oedd bellach yn stafell biliards. Clywodd glinc o ifori.

Agorodd Roger y drws. Roedd ei dad yn chwarae biliards ar ei ben ei hun yn y gwyll. Roedd hambwrdd o swper ar gadair freichiau.

"Helô, Dad," meddai Roger.

"Go dda," meddai ei dad.

"Mi wna i gynnau'r lampau i chi."

"Dim angen. Dim ond chwarae o gwmpas ydw i."

Eisteddodd Roger ar erchwyn y gadair. Symudodd ei dad o amgylch y bwrdd, yn rhowlio peli i mewn i'r pocedi, o dan lygaid yr hebogiaid a'r bwncathod, dyfrgwn, llwynogod, moch daear a bele'r coed oedd yn rhythu allan o'u cesys gwydr ar y wal.

"Dydyn nhw ddim yn amharu ar eich gêm chi?" meddai Roger.

"Ha ha. Ydyn."

"Y stafell yma oedd y llaethdy, yndê?"

"O ia, mwy na thebyg."

"Gwyn oedd yn deud wrtha i. Mae o'n meddwl falle mai hwn oedd y tŷ gwreiddiol cyn hynny – neuadd agored, a phawb yn byw efo'i gilydd."

"Go iawn?" meddai ei dad. "Pwy fysa'n meddwl."

"Mae'n digwydd yn aml, yn ôl Gwyn. Y tŷ gwreiddiol yn cael ei droi yn gwt ffarm."

"Damia," meddai tad Roger. "Dwi wedi snwcro fy hun." Sythodd a rhoi sialc ar ei giw. "Ia, hen le bach rhyfedd ydi hwn."

"Y paneli ffug hen ffasiwn 'na sy'n benbleth i mi," meddai Roger. "Pam fysa rhywun isio cuddio rhywbeth go iawn efo'r stwff ffug 'na?"

"Ro'n i'n meddwl ei fod o reit chwaethus fy hun," meddai ei dad.

"Iawn," meddai Roger, "ond pam rhoi *pebble-dash* dros ddarn o'r wal? *Pebble-dash*! Tu mewn!" Roedd darn petryal o'r wal wrth y drws â chrystyn o gerrig mân drosto.

"Welais i waeth," meddai ei dad. "Pan ddechreuais i mewn busnes ro'n i'n teithio am rai blynyddoedd, ac roedd 'na un lle gwely a brecwast yn Kendal oedd yn *pebble-dash* llwyd i gyd tu mewn. Bylbiau pymtheg watt hefyd, dwi'n cofio, ym mhob stafell. Roedden ni'n ei alw o'n Dan yr Ogof."

"Ond o leia roedd o dros y cwbl," meddai Roger. "Pam jest y darn yma o'r wal?"

"Tamprwydd?"

"Mae'r waliau'n llathen o drwch."

"Ond eto," meddai ei dad, "mae'n rhaid bod 'na ryw wendid yn rhywle. Mae o wedi cracio."

"Ydi o? Doedd o ddim bore 'ma."

"Reit ar draws, wrth y top."

"Doedd hwnna'n bendant ddim yna bore 'ma," meddai Roger. "Ro'n i'n dysgu Gwyn sut i chwarae biliards. Fuon ni'n trio gweithio allan be oedd diben y *pebble-dash*. Mi wnes i sbio'n ofalus. Doedd 'na'm crac ynddo fo."

"O wel, mae 'na rŵan,' meddai ei dad. "Dim pwynt gneud mwy heno. Gad i ni dacluso."

Casglodd y ddau y peli, stacio'r ciws a rhowlio gorchudd dros y bwrdd.

"Dach chi isio i mi fynd â swper Ali iddi?" meddai Roger.

"Oes – ym ... na, na. Mi wnes i ddeud y baswn i'n gneud. Gwell i mi neud. Mae Margaret yn meddwl y dylwn i. Mae'r ffys 'na wedi'i hypsetio hi fymryn."

"Sut mae Nansi?"

"Ffiw! Roedd hynna'n dipyn o si-so tra parodd o! Ond dwi'n meddwl ein bod ni wedi ymdopi – mae pumpunt yn mendio'r rhan fwya o bethau. Mae hi wedi cymryd yn erbyn rhyw blatiau neu'i gilydd – wnes i ddim dallt gair o'r stori. Na, well i mi fynd i gael sgwrs efo'r hen Ali."

Roedd Alison yn torri siâp y dylluan olaf pan glywodd hi ei thad yn dod â'i swper i fyny. Roedd hi wedi gosod y platiau ar y silff ben tân ac wedi gosod tylluanod i glwydo o gwmpas y llofft wrth iddi eu gorffen. Gwthiodd ei thad y drws yn agored gyda'i ysgwydd a dod i mewn wysg ei gefn.

"Amser porthi!"

"Diolch, Clive," meddai Alison. "Be ydi o?"

"Salad llipa gorau Nansi, efo saws dip defaid." Gosododd yr hambwrdd wrth y gwely a goleuo'r lamp. "Wel wir, mae'r rhain yn dipyn o sioe. Be ydyn nhw?"

"Tylluanod. Fi wnaeth nhw."

"Wel, am sbort."

"Ia."

"Wel – ym … sut mae'r iechyd?"

"Dipyn gwell, diolch."

"Go dda. Codi amdani bore 'ma, felly?"

"Sut fath o ddiwrnod gest ti a Mam?" gofynnodd Alison.

"Ddaliais i affliw o ddim, ac mae 'na dwll yn un o'r *waders*, ond dwi'n siŵr ga i well hwyl arni fory. Mae hen Hanner-pan yn deud ei fod o'n gwbod am ran o'r afon lle maen nhw wastad yn bachu."

"Bet na wnaeth o ddeud lle roedd hi."

"Ym – naddo. Naddo, wnaeth o ddim."

"Gest ti dy yrru yma i ddeud y drefn wrtha i oherwydd Nansi?"

"Be? O, ha ha," meddai Clive.

"Dwi'm yn gwbod pam aeth hi fel'na," meddai Alison, "a dwi'm yn gweld be oedd a wnelo fo â hi. Gwyn ddaeth o hyd i'r platiau 'na yn y garat, ac mi daranodd hi i mewn yma fel tasai hi pia'r lle."

"Ia. Wel. Fel'na mae 'rhen Nansi, 'de. Wsti …"

"Ond aeth hi'n wallgo, Clive!"

"Dwi'n gwbod. Gawson ni lond pen pan ddaethon ni adre, coelia di fi! Mae dy fam wedi cymryd ati'n arw. Mae hi'n deud y dylet ti – o, wel, anghofia fo."

"Ond fy nhŷ i ydi o, yndê?" meddai Alison.

"Wel, ia."

"Wel, 'ta?"

"'Chydig yn bethma. Tase dy dad ddim wedi'i roi o yn dy

28

enw di cyn iddo fo farw byddai dy fam wedi gorfod gwerthu'r tŷ i dalu'r trethi marwolaeth. Morbid, ond dyna ni."

"Ond fy nhŷ i ydi o 'run fath," meddai Alison. "A does gan fy nghogydd i ddim hawl i ddeud wrtha i be i'w neud."

"Digon teg," meddai Clive. "Meddylia am dy fam. Roedd hi'n ddigon anodd cael rhywun i fyw yn y tŷ drwy'r haf. Tase Nans yn mynd o 'ma fydden ni byth yn cael rhywun yn ei lle hi, a byddai dy fam yn gorfod ymdopi ar ei phen ei hun. Byddai'n ofnadwy o ypset. A dyma'r tro cynta i ni gyd fod efo'n gilydd ... fel teulu, a – ti'n gwbod?"

"Ydw, Clive. Am wn i."

"Da'r hogan. Rŵan byta dy swper. Helô, mae'n swnio fel tase gynnon ni lygod yn y to."

"Paid ag aros, Clive," meddai Alison. "Does gen i fawr o isio bwyd. Mi wna i fyta hwn nes 'mlaen, a dod â'r hambwrdd i lawr yn y bore. Dwed wrth Mam i beidio â phoeni."

"Da'r hogan. Nos dawch."

Pennod 4

"Ac roedd y llofft mor oer," meddai Roger. "Roedd o fel bod mewn rhewgell. Ond y sŵn oedd y peth gwaetha. Ro'n i'n meddwl bod y nenfwd yn mynd i ddisgyn. Ac roedd 'na grafu o gwmpas ei gwely hi hefyd, ar y wal, ac wedyn ar ffrâm haearn y gwely ac ar ei hambwrdd swper hi – roeddet ti'n gallu deud y gwahaniaeth. Dyna be glywaist ti pan est ti i fyny i'r garat?"

"Naci, ddim mor ddrwg â hynna," meddai Gwyn. "Ond mi ddeudodd hi ei fod o i'w glywed yn mynd yn uwch. Be wnest ti, 'ta?"

"Gweiddi arni, ond roedd hi'n cysgu'n sownd."

"Faint o'r gloch oedd hi?"

"Tua un," meddai Roger. "Ti'n gwbod pa mor boeth oedd hi neithiwr – ro'n i methu cysgu, ac ro'n i'n clywed y sŵn 'ma o hyd. Mi wnes i feddwl mai cael hunllef oedd hi, ac wedyn mi wnes i feddwl mai sâl oedd hi, felly es i i fyny."

"Roedd y sŵn yn y garat? Ti'n siŵr?"

"Bendant. Roedd 'na rywbeth yn hogi ei ewinedd ar y distiau, neu'n trio dod allan, a be bynnag oedd o, doedd o ddim yn ddigri."

"Ti'n berffaith siŵr mai llygod mawr oedden nhw?"

"Does gen i'm clem be oedd yna," meddai Roger, "ond roedd o'n swnio'n fawr."

"Pa mor fawr?"

"Digon mawr."

"Be wedyn?"

"Dim byd – wnes i adael," meddai Roger. "Ro'n i methu'i ddiodde o."

"Sut mae hi bore 'ma?"

"Oedd hi'n iawn amser brecwast – 'chydig yn welw, ond dyna i gyd."

"Ble mae hi rŵan?"

"Deudodd ei bod hi'n mynd i chwilio am ei thylluanod papur. Mae gynni hi obsesiwn efo'r adar gwirion 'na."

"Y rhai oddi ar y platiau?"

"Ia. Wyt ti'n gwbod sut aethon nhw mewn i'r garat?"

"Neith Mam ddim deud gair amdanyn nhw – dim byd sy'n gneud synnwyr. Mae hi'n gandryll, a'r ffordd wnaeth Alison ffeirio'r platiau 'na! Argol! Mae'n gneud iddi siarad fel Welsh Nash!"

"Mae Ali'n deud na wnaeth hi ffeirio'r plât."

"Paid â malu nhw," meddai Gwyn.

"Dyna be ddeudes i wrthi ddoe. Ond wnaeth hi ddim, 'sti."

"Malu malu malu," meddai Gwyn.

"Gwranda, es i i nôl dau arall o'r garat, a phan es i mewn i lofft Ali neithiwr, roedden nhw ar y silff ben tân. Mae'r patrwm wedi mynd."

"Sut wyt ti'n gwbod?" meddai Alison. Safai wrth ddrws y stafell biliards a'r platiau yn ei llaw. "Ro'n i'n dod i ddangos i ti."

"Ym – ro'n i'n meddwl dy fod ti'n cael hunllef neithiwr,"

meddai Roger, "felly ddois i mewn. Roedd y platiau ar y silff ben tân."

"Ydyn – maen nhw 'run fath, tydyn?" meddai Gwyn. "Wel dyna i chi ryfedd."

"Sut fedar o ddigwydd?" meddai Alison. "Ydi eu trêsio nhw yn tynnu'r patrwm?"

"Be wnest ti ddefnyddio?" meddai Roger. "Cerrig pwmis?"

"Gad i ni weld y tylluanod," meddai Gwyn.

"Does gen i'r un."

"Be?" meddai Roger. "Ti 'di bod yn gneud dim byd arall ond gneud tylluanod."

"Maen nhw'n diflannu'n dragwyddol."

"Mae hyn yn hurt," meddai Gwyn.

"Ydi dy fam wedi deud rhywbeth?" meddai Alison.

"Dim byd alla i ei ailadrodd, heblaw ei bod hi wedi mynnu bod y garat yn cael ei hoelio'n sownd yn barhaol."

"Heddiw?"

"Ia, mae hi wedi baglu dros ei thraed ei hun yn fan'na. Mae'r peth yn wirion bost. A neith hi ddim gadael Huw Hanerob yn y tŷ."

"Be sgynni hi'n ei erbyn o?" meddai Alison.

"Dim syniad mwnci," meddai Gwyn. "Beth bynnag, dwi fod i fesur yr hatsh, wedyn mae Huw yn gneud caead, a dwi'n ei hoelio yn ei le. Allwn ni neud i hynna gymryd tan fory, rhyngthon ni – digon o amser i ddod â'r platiau i lawr, tydi?"

"Be am eu gadael nhw lle maen nhw?" meddai Roger.

"Fedrwn ni ddim," meddai Alison. "Mae'n rhaid i mi neud tylluanod."

Cododd Roger ei ysgwyddau.

"Bydd rhaid i ni fod yn ofalus," meddai Gwyn. "Mae Mam wedi gadael drws y gegin yn agored. Byddai'n ein clywed ni'n hawdd tasen ni'n trio cario'r platiau i lawr."

"Y ddynes 'na!" gwaeddodd Alison. "Mae hi'n amhosib!"

"Dwi'n gwbod be sy gen ti, Miss Alison," meddai Gwyn.

Daeth sgrech o'r gegin.

"Mam!" meddai Gwyn, ac edrychodd y tri allan drwy'r stafell biliards. Ymddangosodd Nansi wrth ddrws allan y pantri gyda phlât wedi torri yn ei dwylo.

"O!" gwaeddodd Nansi. "O! Taflu platiau rŵan, ia? Dyna ni! Dyna ni! Dyna ni, Miss! Dyna ni!"

"Be sy'n bod?" meddai Alison.

"Peidiwch chi â thrio hynna efo fi, Miss! Dwi'n gwbod yn well! Mor annwyl a diniwed, wir! Dwi'n gwbod! Sbeit a gwenwyn ydi o i gyd!"

"Be sy'n bod?" gwaeddodd Roger.

"Dwi'n gwbod fy lle," meddai Nansi. "A dylai hi wbod ei lle hitha. Ches i mo 'nghyflogi i rywun daflu pethe ata i, nac i fod yn destun sbort – ac mae'n beryglus hefyd! Gwenwyn, Miss Alison! Dwi'm yn aros fan hyn!"

"Fi oedd o," meddai Gwyn, "yn chwarae o gwmpas. Wnes i'm gweld bod y drws yn agored, a weles i monoch chi yn fan'na. Lithrodd y plât. Sori, Mam."

Ddywedodd Nansi'r un gair, dim ond camu'n ôl a chau'r drws yn glep. Amneidiodd Gwyn ar y ddau arall i adael.

"Waw," meddai Roger. "Be oedd hynna?"

"Diolch, Gwyn," meddai Alison. Edrychodd Gwyn arni. "Allwn i ddim peidio," meddai hi.

"Na?"

"Neith rhywun ddeud wrtha i be sy'n mynd ymlaen yma?" meddai Roger.

"Anghofiwch o," meddai Gwyn. "Well i mi fynd i seboni'r hen greadures. Peidiwch â phoeni, mi fedra i ei thrin hi'n iawn. Dwi'n mynd lawr i'r siop bore 'ma felly mi bryna i baced o ffags iddi i'w chadw hi'n hapus."

"Roedd hi'n edrych yn wallgo," meddai Alison.

"Wyt ti'n gweld bai arni?" meddai Gwyn. "A be ydi bonclust rhwng ffrindia? Cerwch chi i siarad efo'ch teulu chi, deud yr hanes, cael y blaen, jest rhag ofn. Mi wna i dawelu'r dyfroedd efo Mam, wedyn awn ni am y garat. Mae hi'n bigog bore 'ma am 'mod i ddim i fod i siarad efo Huw, a bydd raid i mi oherwydd y job 'ma."

"Ond be ddigwyddodd 'ta?" meddai Roger. "Hwnna oedd y plât aeth hi o lofft Ali ddoe, yndê?"

"Dwi'n gwbod," meddai Gwyn. "Ble mae'r lleill?"

"Rois i nhw ar y bwrdd biliards," meddai Alison.

"Goda i nhw ar y ffordd 'nôl," meddai Gwyn, "Gawn ni olwg arnyn nhw wedyn."

"Pwy sy'n mynd i ddelio efo pa un?" meddai Alison wrth Roger wrth iddyn nhw gerdded ar draws y lawnt.

"Deliwn ni efo'n rhai ni ein hunain yn yr achos yma, dwi'n meddwl," meddai Roger.

"Mae Mam yn torheulo ar y teras," meddai Alison.

"Iawn. Mae Dad yn yr afon yn rhywle, beryg, yn gweld a ydi ei byncjars o wedi trwsio. Hen fusnes rhyfedd, tydi? Ti'n gwbod jest cyn i Nansi weiddi – pan oeddet ti'n gollwng stêm amdani – aeth 'na grac reit drwy'r *pebble-dash* yn y stafell biliards. Weles i o. Roedd o y tu ôl i ti. Rhyfedd. Dyna'r ail un ers ddoe. Welodd Dad un neithiwr."

Cerddodd Gwyn yn araf. Roedd y plât wedi bod ar y ddresar yn y gegin ac roedd ei fam yn y pantri – siot anodd. Pwy fyddai wedi gallu ei daflu? Roedd Huw yn rhawio glo wrth y stabal. Pwy fyddai wedi gallu'i wneud o?

Roedd y glec o'r stafell biliards fel ffrwydriad. Rhedodd Gwyn. Gorweddai darnau o'r platiau dros y llawr i gyd. Roedden nhw wedi taro'r wal lle roedd y *pebble-dash*, ac roedd darn uchaf hwnnw yn we pry cop o graciau drosto. Edrychodd Gwyn o dan y bwrdd ac yn y cypyrddau, ond doedd neb yn cuddio yno, ac roedd yr anifeiliaid yn llonydd y tu ôl i'r gwydr yn eu cesys.

Yn ofalus, gan geisio peidio â gwneud unrhyw fath o sŵn, casglodd Gwyn y darnau. Daeth heulwen y bore drwy'r ffenestri yn y to a chynhesu'r distiau derw. Daeth arogl melys ohonyn nhw, persawr eu canrifoedd, pren ac ŷd a llaeth a holl weithgarwch y stafell gynt. Aeth moto-beic heibio ar hyd y ffordd uwch ben y tŷ, gan wneud i'r gwydr glencian.

Clywodd Gwyn rywbeth y tu ôl iddo, a throi. Roedd darn o *pebble-dash* wedi dod yn rhydd o'r wal. Disgynnodd un arall, ac yn eu lle ar y wal roedd dwy lygad yn ei wylio.

Pennod 5

"Dywedodd Gwyn mai fo wnaeth. Dwi'm yn meddwl ei bod hi'n ei gredu o, ond roedd raid iddi gau'i cheg."

"Go dda," meddai Clive. "Mae gan hwnna hen ben."

"Ydi, mae Gwyn yn hen foi iawn," meddai Roger, "ond ro'n i'n meddwl y dylech chi gael gwbod, rhag ofn y bydd Nansi isio creu helynt am y peth."

"Gwir y gair," meddai Clive.

"Daflodd yr un ohonon ni'r plât," meddai Roger.

"Disgyn wnaeth o mae'n siŵr, a'r hen greadures yn meddwl bod rhywun wedi'i daflu," meddai Clive. "Mae'n edrych fel tase hwnna wedi trwsio mhyncjar i." Llusgodd ei hun allan o'r afon. "Sych fel corcyn."

"Dach chi wedi gweld hwn, Dad?" meddai Roger. Roedd o'n eistedd ar ben Llech Ronw. "Y twll 'ma?"

"O? Naddo."

"Unrhyw syniad sut gafodd o'i neud?" meddai Roger. "Mae'n mynd reit drwadd."

"Mae o hefyd. Peiriant wnaeth o, ddeudwn i. Joban daclus. Ond peth rhyfedd i'w neud allan ynghanol nunlle hefyd."

"Edrychwch o'r ochr arall, i fyny am y tŷ."

Rhoddodd tad Roger ei ddwylo ar ei benbgliniau a phlygu i edrych drwy'r twll.

"Wel ar f'enaid i," meddai. "Be nesa!"

"Mae'n fframio top y grib, a'r coed, tydi?"

"Fel llun camera."

"Dyna i ti syniad," meddai Roger. "Sgwn i fyddai hynny'n bosib? Byddet ti angen andros o ddyfnder ffocws, a dim ond mynd i f.16 mae'r camera ddois i yma efo fi. Byddai'n ddiddorol, yn dechnegol – ti'n mynd i siopa heddiw, dwyt?"

"Ydw, 'nôl ar ôl te, beryg. Dyna'r poen am y lle yma. Mae'n waith diwrnod bob wythnos."

"Mi fydda i angen papur a ffilm gwahanol," meddai Roger. "Fedri di brynu peth i mi?"

"Dim problem. Ond tara fo ar bapur i mi, 'rhen foi."

Clodd Gwyn ddrws y stafell biliards, ac yn lle rhoi'r goriad yn ôl ar ei fachyn yn y gegin, cadwodd o yn ei boced a mynd i lawr y llwybr cul rhwng cefn y tŷ a wal gynhaliol uchel yr ardd serth. Symudodd drwy olau gwyrdd o redyn a mwsogl tamp, ac roedd arogl oer ar yr awyr.

Pan gyrhaeddodd y lawnt agored eisteddodd ar ymyl y tanc pysgod a glanhau ei ddwylo. Llifodd y llwch calch llwyd o'i fysedd fel gwe pry cop dros y dŵr. Cnodd ewin oedd wedi rhwygo nes ei bod yn llyfn, a chrafu'r tywod allan gyda brigyn. Wedyn aeth at y stablau.

Ar y dechrau roedd yn meddwl bod Huw wedi gorffen rhawio'r glo, ond pan gyrhaeddodd y buarth gwelodd Huw yn pwyso ar ei raw, ac roedd rhywbeth amdano a wnaeth i Gwyn stopio'n stond.

Safai Huw gyda dau fys ym mhoced ei wasgod, ei ben yn

gogwyddo i'r ochr, ac er fod ei gorff yn edrych yn dynn, fel petai dan straen, doedd o ddim yn symud. Siaradai gyda'i hun, ond fedrai Gwyn ddim clywed yr hyn roedd yn ei ddweud, a chafodd ei ddallu gan yr haul tanbaid pan geisiodd weld beth roedd Huw yn edrych arno. Wedyn gwelodd. Yr awyr gyfan.

Doedd dim cymylau, ac roedd yr awyr yn gwaedu'n wyn i gyfeiriad yr haul. Curai'r awyr fel calon, yn fflachio fel mellt glas, weithiau'n dywyll, weithiau'n welw, ac roedd rhythm y curo yn cynyddu. Bellach, roedd y gwahanol liwiau yn dilyn ei gilydd mor gyflym fel na fedrai Gwyn weld fawr mwy na chryndod a drodd yn olau yn chwarae ar adain ddisglair, ond pan edrychodd o'i gwmpas teimlai na fu gan y coed a'r creigiau erioed y fath ddyfnder, ac roedd amlinell y mynydd yn gwneud i'w galon grynu.

"Am wirion," meddai Gwyn.

Aeth i fyny at Huw Hanerob. Doedd Huw ddim wedi symud, a bellach gallai Gwyn glywed yr hyn roedd yn ei ddweud. Swniai bron fel llafarganu.

"Dere, felys furmur yr afal, dere fy nhelyn lawen; dere di, haf, dere."

"Huw."

"Dere, felys furmur yr afal, dere fy nhelyn lawen; dere di, haf, dere."

"Huw?"

"Dere, felys furmur yr afal, dere fy nhelyn lawen; dere di, haf, dere."

Edrychodd Huw ar Gwyn, ac edrych drwyddo. "Mae hi'n dod," meddai. "Fydd hi ddim yn hir rŵan."

"Mae Mam yn deud bod angen i chi neud caead i'w hoelio dros ddrws y garat yn y tŷ," meddai Gwyn. "Os gwna i ei fesur o, fedrwch chi neud i'r job bara tan fory?"

Ochneidiodd Huw, a dechrau rhawio'r glo. "Isio caead i'w hoelio dros ddrws y garat, dyna be ddeudest ti?"

"Ia, ond 'dan ni angen amser i ddod â'r platiau i lawr heb i Mam wbod."

"Cymer ofal."

"Peidiwch â phoeni."

"Mi wna i hynna i ti," meddai Huw.

"Be sy gan Mam yn eich erbyn chi?"

"Well i ti ofyn iddi hi. Does gen i'm byd yn ei herbyn."

"Mae hi wedi bod i ffwrdd o'r cwm 'ma am yr holl flynyddoedd. Mi fyddech chi'n disgwyl iddi fod wedi anghofio am unrhyw hen gynnen. Ond dydi hi ddim wedi deud gair wrthach chi, nac'di?"

"Hwyrach bod ganddi ofn, fel ofn y Saeson," meddai Huw. "Ond os ydyn nhw'n meddwl 'mod i'n hanner-pan, dylen nhw fod wedi gweld fy ewyrth i. A bydden nhw wedi cloi Taid am byth yn y waliau."

"Pam?"

"Taid?" meddai Huw. "Aeth o'n wallgo, i lawr yn y coed wrth yr afon."

"Fan hyn?" meddai Gwyn. "Y coed yn yr ardd, lle mae hi'n gorsiog?"

"Ia. Dyden ni ddim yn mynd i lawr fan'na."

"Yn hollol, gwbl wallgo?" meddai Gwyn.

"Dyna ddeudodd y Saeson. Wnaethon nhw ddim gadael iddo fo aros yma. Mi gollodd ei waith."

"Y Saeson? Doedd 'na neb yn byw yma go iawn, hyd yn oed bryd hynny?"

"Fuodd o 'rioed yn gartref," meddai Huw. "Maen nhw'n dod am dipyn, ac yn gadael. Ac roedd yn rhaid i Taid adael. Châi o ddim aros yn y cwm."

"Be ddigwyddodd iddo fo?"

"Mi gerddodd i ffwrdd. Mi fydden ni'n clywed ei hanes o weithia. Fo yrrodd y platiau 'na. Roedd o'n gweithio yn y crochendai mawr, ac addurnodd o'r platiau a'u gyrru i'r tŷ, a llythyr i ddeud ei fod o'n iawn rŵan, ond glywson ni wedyn ei fod o wedi marw yn Stoke."

"Ond pam gawson nhw eu rhoi yn y garat? A pam gafodd Mam sterics pan wnes i ddod o hyd iddyn nhw?"

"Gofynnwch iddi. Hi ydi'ch mam chi," meddai Huw. "Hwyrach bod 'na wastad hel clecs mewn cwm."

"Oes angen rhywbeth i'r tŷ tra byddwn ni allan yn siopa, Hanerob?"

Daeth Roger a'i dad i'r buarth.

"Na, syr," meddai Huw. "'Dan ni ddim isio dim."

"Go dda," meddai Clive. "Dwi am ei throi hi 'ta. Sgwenna be fyddi di isio o ran lluniau, yn gwnei, Roger? Carreg ryfedd ydi honno sy gen ti i lawr wrth yr afon, Hanerob. Pwy ddriliodd y twll ynddi?"

"Llech Ronw ydi hi," meddai Huw.

"O? A be ydi peth felly pan mae o adre, e? Ha ha."

"Dyn wedi cael ei ladd yn y lle 'na," meddai Huw. "Ers talwm."

"Oedd wir?"

"Do," meddai Huw. "Wedi cymryd gwraig y dyn arall."

"Wel dydi hynna ddim yn deg iawn, rhaid i mi ddeud," meddai Clive. "A rhyw fath o gofgolofn ydi'r graig, am wn i, ia? Ond pwy wnaeth y twll? Mae'n bosib gweld y coed acw ar ben y grib drwyddo fo."

"Ydi, syr," meddai Huw. "Mae o'n sefyll ar lan yr afon, dach chi'n gweld, ac mae'r gŵr i fyny fan'cw ar y Bryn efo gwaywffon, ac mae o'n rhoi carreg rhyngddo fo a'r waywffon, ac mae'r waywffon yn mynd reit drwy'r garreg a fo."

"O-ho," meddai Clive.

"Ond pam wnaeth o aros yna a gadael iddo fo ddigwydd?" meddai Roger.

"Achos roedd o wedi lladd y gŵr yn yr un ffordd cyn hynny i gymryd y wraig."

"Llygad am lygad," meddai Clive. "Yr hen straeon 'ma, e? Wel, rhaid i mi'i throi hi."

"Ia syr, fel yna mae'n digwydd, ers talwm."

Aeth Gwyn gyda Roger a'i dad at y tŷ.

"Fyddwch chi'n defnyddio'r stafell biliards heddiw, Mr Bradley?"

"Na fydda," meddai Clive. "Bydda i'n pysgota y munud fyddwn ni'n ôl – byddai'n bechod i wastraffu'r tywydd 'ma. Helpa dy hun, 'ngwas i."

"Dyma be dwi isio ar gyfer fy nghamera i, Dad," meddai Roger. "Mae o i gyd yna."

"Iawn," meddai Clive. "Wel, hwyl rŵan."

"Ro'n i'n dechra credu mwydro'r hen gelwyddgi 'na," meddai Roger.

"Doedd o ddim yn deud celwydd. Ddim ar bwrpas," meddai Gwyn.

"Be? Gwaywffon yn gneud y twll 'na? Wedi'i thaflu yr holl ffordd o'r coed acw? Gan foi oedd wedi marw?"

"Mae Huw yn ei gredu o."

"Dach chi Gymry i gyd yr un fath," meddai Roger. "Rho grafiad i un ac maen nhw i gyd yn gwaedu."

"Be ddigwyddodd i ti ddoe wrth Lech Ronw?" meddai Gwyn. "Oeddet ti'n gwbod yn iawn am be ro'n i'n sôn pan ro'n i'n trio egluro sut deimlad ges i wrth gydio mewn plât. Ac wedyn mi wnest ti ddechra sôn am y garreg mwya sydyn."

"Teimlad oedd o," meddai Roger. "Un munud mae bob dim yn iawn – a'r munud nesa dydi o ddim. Gormod o fyw'n iach, beryg. Wna i fwyta llai o iogwrt—"

"A ddoist ti'n syth fyny o'r afon, yndô?" meddai Gwyn. "Gweithia fo allan, gyfaill. Mi wnaethon ni'n dau deimlo rhywbeth, ac mae'n rhaid ei fod o tua'r un pryd. Be oedd o?"

"Clec," meddai Roger, "a rhyw fath o sgrech. Sydyn iawn. Falle fod 'na ryw fath o ddamwain—"

"Dwi'm wedi clywed am 'run," meddai Gwyn. "Ac yn y cwm yma fedri di'm tisian heb i bawb wbod o fan'ma i Aber."

"Roedd 'na chwibanu, hefyd," meddai Roger, "yn yr awyr. Dyna i gyd."

"Ac mi ges i ryw fath o sioc oddi ar y platiau," meddai Gwyn. "A does 'na'm byd wedi bod yr un fath ers hynny. Wnest ti sylwi ar yr awyr pan oeddet ti efo dy dad 'chydig eiliadau'n ôl?"

"Naddo."

"Fflachio," meddai Gwyn. "Fel golau stribed wedi'i droi 'mlaen, ond yn las."

"Naddo," meddai Roger.

"Welodd Huw o. Ble mae Alison?"

"Wedi mynd i ddeud wrth ei mam am d'un di."

"Mae 'na rywbeth i'w ddangos i ti," meddai Gwyn, "yn y stafell biliards."

Daethon nhw o hyd i Alison yn ysgwyd dolen y drws. "Pam dach chi wedi'i gloi o?" meddai hi. "Dwi isio'r platiau."

"Maen nhw'n dal yma," meddai Gwyn.

Agorodd y drws ac aeth y tri i mewn.

"Gwyn! Ti wedi'u torri nhw!"

"Ddim fi, mêt. Dach chi wedi gweld be sy y tu ôl i chi?"

"Argol fawr!" meddai Roger.

PENNOD 6

Roedd hi'n dal. Disgynnai ei gwallt hir at ei chanol, yn rhoi ffrâm aur i'w hwyneb gwelw a hyfryd. Roedd ei llygaid yn las. Roedd ganddi wisg lac o gambrig gwyn, wedi'i brodio â brigau byw o fanadl ac erwain, a thorch o ddail derw gwyrddion yn ei gwallt.

"Ges i dipyn o fraw," meddai Gwyn. "Dim ond ei llygaid fedrwn i eu gweld i gychwyn, ond doth y *pebble-dash* 'na i ffwrdd yn o handi."

"Mae hi mor brydferth!" meddai Alison. "Pwy fyddai isio ei chuddio hi fel'na?"

"O'r unfed ganrif ar bymtheg, o leia," meddai Roger. "Edrych fel newydd. Sut wnaeth hi oroesi o dan hynna i gyd?"

Roedd y ddynes wedi'i pheintio yn ei gwir faint mewn olew ar baneli pren. Safai yn erbyn cefndir o bennau meillion wedi'u gosod mewn rhesi.

"Dyma i ti be ydi trysor!" meddai Roger. "Gawn ni filoedd am hwnna."

"Hold on, Defi John," meddai Gwyn. "Gadwn ni'n cegau ar gau. Bydd raid i ti gael trefn ar dy dad, a'r un person geith byth wbod am hyn ydi Mam."

"Pam, neno'r dyn? Dwyt ti ddim yn dallt? Mae hwn yn gampwaith."

"Mi fyddai Mam yn ei chwalu efo bwyell," meddai Gwyn. "Tria feddwl. Dwyt ti ddim wedi gofyn sut ddois i o hyd iddi."

"Sut wnest ti 'ta?" meddai Alison.

"Dy blatiau di. Ro'n i'n dod yn ôl i mewn fan'ma pan glywais i nhw'n malu. Roedden nhw wedi cael eu lluchio yn erbyn y *pebble-dash*, ac mi dorrodd darn i ffwrdd."

"Pam ddylai hynna neud i dy fam ei chwalu o?" meddai Alison.

"Mae 'na rywbeth yn codi ofn go iawn ar Mam. Mae hi'n nerfus y rhan fwya o'r amser ond byth mor ddrwg â hyn. Y platiau ydi o, yndê, Alison?"

"Be wn i?"

"Dyfalu ydw i, a chofio be ddeudodd Huw. 'Gwyliwch sut dach chi'n edrych arni,' a rŵan ar y buarth, 'Mae hi'n dod,' medda fo."

"Be mae hynna'n feddwl?" meddai Roger.

"Anodd deud. Mi allai fod yn siarad am y tywydd. 'Hi' ydi o yn Gymraeg."

"Dyna fo 'ta," meddai Roger.

"Ond be os na?" meddai Gwyn. "Roedd rhywun yn poeni digon am y darlun a'r platiau i lusgo set o lestri i fyny i'r garat ac i roi *pebble-dash* ar y wal 'ma. Dwyt ti ddim yn mynd i'r holl drafferth yna am ddim rheswm. Roedd rhywun isio'u cuddio nhw, a rŵan dydyn nhw ddim wedi'u cuddio. Maen nhw'n ... rhydd."

"Mae'n bosib nad yr un person oedd wrthi. A does 'na'm drwg wedi'i neud, be bynnag oedd y rheswm," meddai Alison, "ddim os 'dan ni'n dod o hyd i rywbeth mor wych â hwn."

"Wyt ti wedi edrych arno fo'n agos? Manylder anhygoel, does?" meddai Gwyn.

"Pob blewyn o'r gwallt," meddai Roger. "Fedra i ddim dod dros sut mae hi wedi aros mor lân mor hir."

"Rhyfeddol," meddai Gwyn. "Wyt ti wedi edrych ar y pennau meillion 'na, fachgien?"

"Stwff gwych, fel arfbeisiau," meddai Roger. Aeth â'i drwyn at y paneli. "Ac eto, mi allet ti eu casglu nhw—" Camodd Roger yn ei ôl. "O na," meddai.

"Be sy'n bod?" meddai Alison. Edrychodd yn ofalus. Roedd y pennau meillion wedi'u gwneud o betalau gwynion crwm wedi'u hel at ei gilydd, pob un wedi'i beintio ar wahân, yn fân a siarp. Ond nid petalau oedd y petalau – crafangau oedden nhw.

"Roedd gan rywun feddwl cas," meddai Roger.

"Neu hwyrach mai dyna'r ffordd roedd o pan gafodd ei beintio," meddai Gwyn. "Cas."

"Fedri di'm cael blodau wedi'u gneud o grafangau," meddai Roger.

"Pam ddim? Mi fedri gael tylluanod wedi'u gneud o flodau, yn gelli?" meddai Gwyn. "Gadewch i ni ddod â'r platiau o'r garat. Dwi isio'u gweld nhw'n agos – ac efo'r patrwm yn dal arnyn nhw. Anghofiwch am y *pebble-dash* 'ma am rŵan. Mi wna i 'i glirio fo yn nes 'mlaen. A peidiwch â deud gair am y wal 'ma nes byddwn ni wedi cael amser i feddwl."

Trefnwyd y byddai Gwyn a Roger yn tynnu'r platiau o'r garat a'u gollwng o ffenest y llofft mewn basged ddillad i Alison, a fyddai'n disgwyl amdanyn nhw gyda berfa.

"Dwi'n dechrau cael traed oer," meddai Roger. "Ddylen ni ddim ei adael o fel mae o, a hoelio'r garat yn sownd?"

"Mae 'na rywbeth yn y cwm 'ma," meddai Gwyn, "ac mae Mam yn ei synhwyro fo. Mae hi wedi bod fel un o Gŵn Annwn ers iddi weld y platiau 'na – y meillion, y platiau, y gwdihŵs a'r blodau – mae'n beryg."

"Felly hoelia'r garat yn sownd," meddai Roger. "Taset ti wedi gweld Ali neithiwr, fyddet ti ddim mor barod i nôl mwy o blatiau."

"Dyna pam dwi isio'u symud nhw," meddai Gwyn. "Eu symud nhw'n ddigon pell oddi wrthi yn gynta, wedyn gawn ni gyfle i feddwl. Dwi'm wedi gweld y modelau papur 'na yn fanwl chwaith. Ydyn nhw'n rhai go iawn?"

"Yn bendant. Dwi wedi'i gwylio hi wrthi. Mae'n andros o glyfar y ffordd mae hi'n trêsio'r patrymau fel bo nhw'n ffitio efo'i gilydd."

"Ydi hi wir yn eu colli nhw dragwyddol?"

"O be wela i, ydi," meddai Roger. "Mae hi ar bigau drain am y peth."

"Ydi, mi wnes i sylwi," meddai Gwyn. "Mae'n rhaid i ni ei dadfachu hi."

"Dadfachu?"

"Ia, fel batri. Dydi batri ddim yn gweithio heb weiars."

Aeth Gwyn i fyny i'r garat, a phasio'r llestri i Roger, roddodd y cyfan yn y fasged ddillad a'i ollwng ar raff i Alison. Wedyn, mesurodd Gwyn yr hatsh, a dringo i lawr.

"Wyddoch chi be? Dwi'n meddwl ein bod ni'n mynd fymryn dros ben llestri am y llestri 'ma," meddai Roger. "Pan ti'n eu gweld nhw, dim ond platiau ydyn nhw, a bosib mai llygod oedd y drwg."

"Llygod," meddai Gwyn. "Ro'n i wedi anghofio. Wnes i osod trap caets."

Dringodd yn ôl i fyny'r ysgol ac agor yr hatsh. Gallai Roger weld Gwyn o'i ganol at ei draed. Roedd o'n llonydd iawn.

"Wyt ti wedi dal rhywbeth?" meddai Roger.

"Ti wedi gweld trap caets, yndô?" meddai Gwyn. "Ti'n gwbod sut mae'n gweithio – drws sy'n mynd un ffordd, a dydi be sy ynddo fo'n methu dod allan?"

"Ydw," meddai Roger. "Wyt ti wedi dal rhywbeth?"

"Dwi'n meddwl 'mod i wedi dal llygoden," meddai Gwyn.

"Yn meddwl?"

Daeth Gwyn i lawr yr ysgol. Dangosodd y caets. Y tu mewn roedd pelen o esgyrn a ffwr.

"Dwi'n meddwl mai llygoden ydi o," meddai. "Tydi tylluanod ddim yn ffyslyd. Maen nhw jest yn llyncu'r cwbl, ac wedyn yn chwydu be fedran nhw mo'i dreulio nes 'mlaen. Pelen tylluan ydi hwnna, ond dwi'n meddwl mai llygoden oedd hi."

PENNOD 7

Doedden nhw ddim wedi clywed Nansi'n dod i fyny'r grisiau. Roedd hi yn nrws y llofft. "Ti'n cymryd digon o amser i fesur y drws 'na, dwyt, fachgien?" meddai. "Dyna'r cwbl ti'n ei neud? Pam wyt ti angen y trap 'na?"

"Dwi wedi gorffen, Mam," meddai Gwyn. "Dwi'n mynd lawr i'r siop rŵan."

"Hen bryd," meddai Nansi. "Dwi angen blawd i neud sgons, reit handi."

"Ga i 'mhres i rŵan?" meddai Gwyn.

"Ti'n cael dy bres poced ar ddydd Sadwrn," meddai Nansi.

"Dwi'n gwbod, Mam. Ga i o'n gynnar wsnos yma?"

"Ti'n meddwl 'mod i'n graig o arian? Bydd raid i ti aros. Dydd Sadwrn, 'ngwas i."

"Ond Mam —"

"Cer i'r siop 'na, a phaid â bod mor ddigywilydd!"

"Dwi'm yn bod yn ddigywilydd."

"Wyt, mi rwyt ti," meddai Nansi.

Aeth Gwyn i lawr y grisiau ac i mewn i'r gegin. Aeth Roger ar ei ôl. Agorodd Gwyn gwpwrdd ac estyn pwrs ei fam o'r tu ôl i dun coco.

"Ti'm yn mynd i'w ddwyn o, wyt ti?" meddai Roger.

"Nac'dw," meddai Gwyn.

"Dwyt ti'm angen pres ar gyfer y blawd," meddai Roger. "Mae'n mynd ar y cownt."

"Ydi," meddai Gwyn.

"Wyt ti'n cael pres poced bob wythnos?" meddai Roger.

"Ydw."

"'Chydig yn hen ffasiwn, ydi ddim?"

"Ydi o?"

"Ond os mai fel'na dach chi'n gneud petha, am wn i ei fod o'n iawn i ti gymryd peth ynghynt. Dwyt ti'm yn dwyn – dim ond yn rhagweld."

"Ddim hyd yn oed hynny," meddai Gwyn. "Rhoi ydw i." Agorodd y pwrs, a gollwng y belen o'r caets ynddo. "Dydi o'n fawr o beth, yn nac'di?" Yna caeodd y pwrs, a'i roi yn ôl yn y cwpwrdd.

Cerddodd Gwyn mor gyflym i lawr y dreif, roedd yn rhaid i Roger redeg ar ei ôl o. Roedd ei wyneb yn wyn a ddywedodd o'r un gair.

"Ddylet ti fod wedi gneud hynna? Gallai hi gael harten," meddai Roger. "Dy fam di ydi hi wedi'r cwbl."

"Ti'n iawn," meddai Gwyn, "dyna ydi hi."

"Pam oeddet ti isio'r pres?"

"I gael rhyw ddeg ffag bach."

"O."

"'Drycha," meddai Roger. "Os mai dyna'r cwbl ydi o, mi fedra i roi benthyg —"

"Dim diolch."

"Dim angen i ti dalu'n ôl. Dwi'n cael digon."

"Llongyfarchiadau."

"Be sy?"

"Dim byd."

"'Drycha, dyro fo ar y cownt yn y siop. Sylwith neb."

"Dim diolch."

"Ti'n gneud i mi fod isio chwydu," meddai Roger.

Roedd y siop ym mharlwr bwthyn hanner milltir i lawr y ffordd. Roedd y stafell wedi'i dodrefnu i rywun fyw ynddi. Roedd 'na fwrdd o dderw du gyda chrëyr glas wedi'i gerfio arno, ac ar ei ben, tomato coch plastig, gwag oedd unwaith wedi dal sos coch ond a oedd bellach yn ornament. Roedd jariau o fferins ar y seidbord ymysg lluniau priodas, ac wrth ymyl y cloc mawr roedd dau fin sbwriel yn dal siwgr a blawd. Roedd y nenfwd mor isel, roedd rhywun wedi tyllu'r llawr i wneud lle i'r cloc sefyll. Roedd Mrs Richards, y siopwraig, yn sgwrsio gyda Mrs Lewis-Jones yn Gymraeg.

"Dyma'n union ro'n i'n ei ddisgwyl, Mrs Lewis-Jones, dyma'n union ro'n i'n ei ddisgwyl. Wsnos yma, does 'na ddim haf tebyg iddi wedi bod, wedyn mi redodd hwch ddu Gareth Pugh yn wyllt ar y mynydd a dydyn nhw ddim yn gallu dod â hi'n ôl i lawr. Byddai Taid wastad yn deud mai'r anifeiliaid a ŵyr gyntaf."

"Maen nhw," meddai Mrs Lewis-Jones. "Maen nhw wedi cynhyrfu'n rhacs, fel babi'n cael ei ddannedd cynta. Fedrwn ni ddim mynd ar gyfyl ein hen darw ni, ac mae'r defaid reit i fyny ar y topiau acw. Mae Mr Lewis-Jones wrthi bob awr o'r dydd yn trwsio ffensys cyn belled â Thap Nyth yr Eryr."

"Mae hynna'n bell!" meddai Mrs Richards.

"Gymera i ddwy *thin-sliced*," meddai Mrs Lewis-Jones.

"Does gynnon ni ddim bara eto," meddai Mrs Richards. "Dydi'r postmon heb fod."

"I feddwl y gwelwn ni o yn ein hoes ni, Mrs Richards!"

"Ydi o'n bendant?"

"Ydi. Ddoth Mistar Huw i ddeud wrthon ni neithiwr. Roedd o'n mynd rownd y ffermydd i gyd. Mae'n deud ei bod hi'n dod, a thylluanod fydd hi."

"Y pethau bach!" meddai Mrs Richards, ac edrychodd wysg ei hochr ar Roger a Gwyn.

"Gawn ni—"

"Un munud, os gwelwch yn dda," meddai Mrs Richards. Torrodd ddarn o fenyn o flocyn ar y sil ffenest. "Y tri ohonyn nhw fydd hi eto, Mrs Lewis-Jones?"

"Ia. A mae 'na lodes fach hefyd. Mae Mister Huw yn deud mai tylluanod fydd hi."

"Bydd raid i ni ddiodde felly," meddai Mrs Richards. "Does 'na'm dianc, nagoes? Dydi Aberystwyth ddim yn ddigon pell."

"Gwir bob gair, Mrs Richards. Gymra i baced o sebon golchi."

"Esgusodwch fi," meddai Roger. "Os oes gynnoch chi lot o siopa i'w neud, sgwn i os fedrwn ni gael 'chydig o flawd. Rydan ni ar frys."

"Wrth gwrs," meddai Mrs Lewis-Jones. "Ai chi ydi'r dyn ifanc o'r tŷ mawr?"

"Ia," meddai Roger.

"Dyna neis," meddai Mrs Lewis-Jones. "A ti ydi Gwyn, cog bach Nansi, ia?"

"Gwyn dwi."

"Dyna neis. Ro'n i'n lodes efo dy fam. Dech chi'n cael amser da?"

"Ydan – diolch," meddai Roger.

"Da iawn," meddai Mrs Lewis-Jones. "Mae'r cwm 'ma'n lle braf am wyliau."

"Chwe phwys o flawd i'r tŷ, os gwelwch yn dda, Mrs Richards," meddai Gwyn.

"Reit-o, 'ngwas i." Plymiodd Mrs Richards sgŵp i mewn i un o'r binau. "Mae hi'n dod, felly?"

"Mae hi'n dod," meddai Mrs Lewis-Jones. "Y greadures."

"Os ydi hi'n cymryd cymaint â hynna i ofyn am hanner pwys o hen fenyn a phecyn o Daz dwi'n falch 'mod i ddim yn siarad Cymraeg," meddai Roger pan oedden nhw tu allan. "Ro'n i'n dechrau meddwl y bydden ni yno drwy'r dydd."

"Sgwrsio oedden nhw," meddai Gwyn.

"Am oes," meddai Roger. "Am be?"

"Y tywydd."

"*Typical*," meddai Roger. "Merched. Hei, welais i mo 'rhen Ali pan ddaethon ni allan, wnest ti?"

"Naddo."

"Gobeithio ei bod hi wedi gallu delio efo'r platiau 'na heb gael ei dal. Busnes rhyfedd oedd y trap, yndê? Sgwn i be wnaeth iddi roi'r llygoden afiach 'na i mewn. Faswn i wedi disgwyl iddi fod yn rhy gysetlyd, hyd yn oed am hwyl."

"Ddim hwyl oedd o," meddai Gwyn. "A wnaeth hi ddim."

"Mae'n rhaid ei bod hi."

"Wnaeth hi ddim. Roedd y peth yn dal yn gynnes."

"Paid â malu," meddai Roger. "Faswn i'n licio gweld tylluan sy'n gallu tynnu llygoden allan o drap, ei bwyta hi a phoeri'r gweddillion yn ôl i'r trap."

"Faswn i ddim."

"Wsti be, mae'n amharchus iawn ohonyn nhw, yn siarad Cymraeg fel'na," meddai Roger. "Sut fasen nhw wedi teimlo tasen ni wedi dechrau rwdlan yn Ffrangeg?"

"O, amharchus iawn, ydyn, o feddwl mai Cymry sy'n byw yma."

"Paid â myllio," meddai Roger. "Roeddet ti y tu ôl i mi. Wnest ti ddim clywed – roedden nhw'n siarad Saesneg nes i ni ddod mewn."

"Be oedden nhw'n ddeud?"

"Rhywbeth am ryw bigwig yn dod yma. Wnes i'm dallt yn iawn. Mi wnaethon nhw droi i siarad Cymraeg pan welson nhw fi. Rhyw fath o ganmlwyddiant, ia? Gŵyl? Brenhines Fai, neu rywbeth? Dw'n im."

Cerddodd y ddau o dan gysgod y Bryn ac ar hyd y dreif. Roedd Alison yn eistedd mewn cadair gynfas ar y lawnt yn darllen llyfr.

"S'mai Ali," meddai Roger. "Wnest ti lwyddo i guddio'r platiau'n iawn?"

Roedd llygaid Alison wedi'u cuddio y tu ôl i gylchoedd duon ei sbectol haul.

"Pa blatiau?" meddai.

PENNOD 8

"O, tyn y goes arall, Ali," meddai Roger.

"Am be wyt ti'n rwdlan?"

"Ha," meddai Roger. "Ha. Ha. Ha. Ydi hynna'n well?"

"Ydi diolch, Roger," meddai Alison gan droi'n ôl at ei llyfr.

"Ble mae'r platiau 'na?" meddai Gwyn eto.

"Pa blatiau?" meddai Alison heb dynnu ei llygaid oddi ar y dudalen.

"Paid â bod fel'na."

"Fydda i byth 'fel'na'. Rŵan ga i ddarllen y llyfr 'ma, os gwelwch chi'n dda?"

"Ble wyt ti wedi rhoi'r platiau 'na, yr hoeten wirion?"

"Plis," meddai Alison, "dwyt ti ddim adre rŵan."

"Paid â bod fel'na'r sopen!"

"A phaid ti â siarad fel'na efo fi. Mi fyddi di'n difaru."

"A phwy sy'n mynd i neud i mi beidio? Ti, y snoben drwyn-fyny'n-yr-awyr? Ti a phwy arall? Mae'n rhaid i ni gael y platiau 'na! Maen nhw'n beryg!"

"Dyro lolipop iddo fo, wnei di, Roger?" meddai Alison. "Mae o'n union fel ei fam."

Chwipiodd Gwyn ei droed allan a chicio'r llyfr allan o ddwylo Alison. Glaniodd lathenni i ffwrdd, ar led yn y gwair.

Symudodd neb. Tawelwch. "Ddylet ti ddim fod wedi gneud hynna," meddai Alison.

Gallai Gwyn weld ei adlewyrchiad yn ei sbectol haul hi, ac yng nghornel y lens, crynai rhywbeth fel aderyn wedi'i frifo. Trodd ei ben. Y llyfr oedd o. Hedfanodd drwy'r awyr tuag ato. Roedd y tudalennau'n clecian ac yn chwalu, ond yn dal i ddod amdano, a'r meingefn coch fel cynffon. Gollyngodd Gwyn y bagiau blawd ac amddiffyn ei wyneb wrth i'r llyfr wibio ato.

"Na!" gwaeddodd.

Brathodd y graean o'r dreif i mewn i'w ddwylo a'i glustiau. "Stopia!"

Rhedodd Gwyn.

Ffrwydrodd pentwr o doriadau gwair ar ei gefn, yn sur a llaith, a syrthiodd cawod o foch coed dros ei ben. Baglodd ei ffordd draw at y goedwig, a rhoddodd y graean y gorau iddi, ond bellach, brigau a dail a cherrig a changhennau wedi pydru oedd yn hedfan ato. Chwalodd un o'r bagiau blawd, a chafodd ei daro gan yr ail, ond rhedodd i lawr at yr afon, a bellach, dim ond canghennau byw oedd yn ei chwipio wrth iddo wthio'i ffordd drwyddyn nhw. Syrthiodd ambell garreg flinedig i mewn i'r llaid wrth y ffens derfyn lle pwysai Gwyn, yn igian crio yn erbyn y weiar.

Edrychodd dros ei ysgwydd, ond doedd neb wedi'i ddilyn, a dim ond y goedwig oedd yno. Ar ochr arall y ffens roedd yr afon a'r mynydd. Roedd dros ei sgidiau yn y gors.

Roedd y goedwig yn llonydd. Byrlymai'r awyr gyda phryfetach, a phryfed yn hofran a diflannu a hofran. Tyfai erwain mewn tarth o flodau, a disgleiriai'r haul ar edau y lindys a grogai o'r coed yn dew fel glaw.

"Wel," meddai Gwyn, "mae'r peth yn amlwg."

Gwthiodd ei hun oddi ar y ffens a cherdded am i fyny allan o'r gors. Stopiodd wrth ddau gwmwl o flawd. O fan hyn roedd llwybr o sbwriel tuag at y tŷ. Rhwbiodd ei ben. Glynai darnau o bapur yng nghroen ei law, darnau o'r llyfr. Nid yn unig roedd y tudalennau wedi malu ond roedd y papur ei hun yn rhacs. Ceisiodd ddarllen un o'r tameidiau. Doedd o'n gwneud dim synnwyr, ond gallai adnabod y print.

"Dicky Inglish!" meddai Gwyn. "Bali Dicky Inglish!" Bachodd ddarn arall o'r llawr. Yr un print, o'r un llyfr. "Dicky Inglish," ochneidiodd. Ond wedyn sylwodd ar air arall a chraffu arno. Darllenodd:

a swyn i greu iddo wraig o flodau'. Ac yntau yn ddyn o dras, a'r llanc harddaf a welodd neb erioed. Ac yna cymerasant flodau'r dderwen a blodau'r banadl a blodau'r erwain, a chreu ohonynt y ferch lanaf a harddaf a welwyd erioed –

"Asiffeta!" meddai Gwyn. Casglodd fwy o dameidiau papur, ond gallai wneud dim â nhw. Dilynodd y llwybr sbwriel yn ôl drwy'r coed, yn codi'r darnau, ac o'r diwedd llwyddodd i ffitio dau gyda'i gilydd.

mynd ar ffurf aderyn. Ac oherwydd i ti ddwyn gwarth ar Lleu Llaw Gyffes ni fyddi byth – yn lle bynnag y cei dy

weld; ac na wnei fyth golli dy enw, ond y byddi o'r dydd
hwn hyd dragwyddoldeb yn cael dy alw yn Blodeuwedd."
Blodeuwedd yw 'tylluan' yn yr iaith gyfredol. Ac
oherwydd hyn y mae adar yn elyniaethus tuag at y dylluan.
Ac fe elwir y dylluan hyd heddiw yn flodeuwedd.

"Dicky Inglish," meddai Gwyn. "Dicky, Dicky Inglish."

Pan gyrhaeddodd Gwyn y tŷ roedd Alison a Roger yn tacluso'r lawnt.

"Ydi clawr y llyfr 'na gynnoch chi?"

"Mae o wrth y gadair gynfas," meddai Alison.

Agorodd Gwyn y clawr. "Dicky Inglish," meddai.

"Pwy?"

Pwyntiodd Gwyn at y label oedd wedi'i ludo y tu mewn i'r clawr: Ex Libris R. St J. Williams. Llangynog. "Dicky Inglish," meddai Gwyn. "Ein hathro Saesneg yn Aber. Mae o'n rhoi'r labeli 'ma ym mhobman. Mae o'n llyfrgarwr gwallgo – yn golchi ei ddwylo cyn darllen. Mi wnaeth o hanner ei ladd o i roi benthyg hwn i mi, ond roedd o'n deud bod raid i mi ei ddarllen o, ac roedd copïau'r llyfrgell i gyd wedi'u benthyg. Eith o'n benwan."

"Mae'n ddrwg gen i," meddai Alison.

"Wel, fel'na mae hi," meddai Gwyn. "Edrych fel priodas yma, tydi? Conffeti gan R. St J. Williams, Esquire, B.A."

"O, Gwyn, mae'n ddrwg gen i."

"Sut lyfr oedd o? Ddarllenaist ti o, do?"

"Darnau. Straeon byrion oedden nhw. Iawn os wyt ti'n licio'r math yna o beth – dewiniaid a gwaed dros y lle."

"Paid ti â thynnu ar ein Treftadaeth Genedlaethol,

'ngeneth i. Yr hen chwedlau 'na ydi'r cwbl sy gynnon ni."

"Be ydi enw'r garreg 'na eto," meddai Roger, "i lawr wrth yr afon?"

"Llech Ronw," meddai Gwyn.

"Ydi hwn yr un un?" meddai Roger. Roedd yn cydio mewn darn arall o bapur.

> – i Lleu, "Arglwydd," medd ef, "oherwydd mai drwy gynllwyn merch y gwneuthum i chwi yr un hyn a wneuthum, erfyniaf arnoch yn enw'r Iôr, gwelaf lechen ar lan yr afon, gadewch im ei gosod rhyngof a'r trawiad." "Yn wir," meddai Lleu, "Ni wnaf wrthod hynny i ti." "Yn burion," dywedodd ef, "Duw a'th wareda." Ac yna cymerodd Gronw y lechen a'i gosod rhyngddo a'r trawiad. Ac yna anelodd Lleu ato gyda'r waywffon, a thrywanodd y waywffon drwy'r llechen a thrwyddo yntau hefyd, gan falurio ei gefn ...

"Ddarllenais i hynna," meddai Alison.

"Y stori gyfa?" meddai Gwyn.

"Dwi'n meddwl."

"Hwda, sbia ar rhain. Yr un stori ydyn nhw i gyd?"

Darllenodd Alison y darnau eraill.

"Ia, honna ydi."

"Am be mae hi? Be ddigwyddodd?" meddai Gwyn.

"Aros funud," meddai Alison. "Roedd 'na ddewin neu rywbeth, dwi'm yn cofio'i enw o, ac mi wnaeth o ddynes o flodau, a phriododd hi ryw foi – 'Clue Claw' rhywbeth."

"Lleu Llaw Gyffes," meddai Gwyn.

"Ia, wel, wedyn syrthiodd hi mewn cariad efo dyn o'r enw Gronw – Gronw Pebr. A phenderfynodd o ladd Clue."

"Lleu."

"Clue."

"Dio'm bwys," meddai Gwyn. "Be wedyn?"

"Mae'r darn yma'n gymhleth, yn hud a lledrith i gyd," meddai Alison. "Ond taflodd Gronw waywffon o fryn pan oedd Clue yn sefyll ar lan afon, a'i ladd o. Ond doedd Clue ddim wir wedi marw. Trodd yn eryr, ac mi ddoth y dewin o hyd iddo fo a'i droi o'n ôl yn ddyn eto. Y dewin oedd ei dad o, neu ei ewyrth, dwi'm yn hollol siŵr. Wedyn gwnaeth Clue a Gronw newid lle – Clue daflodd y waywffon tro 'ma, a Gronw gafodd ei ladd. Dyna ddiwedd y stori."

"Mae 'na garreg wrth yr afon fan hyn o'r enw Llech Ronw," meddai Gwyn. "Mae 'na dwll ynddi."

"Sy'n golygu ein bod ni reit ynghanol lle roedd yr holl stwff Ku Klux Klan 'ma i fod wedi digwydd, fel roedd yr Athro Hanerob yn ei honni," meddai Roger. "Diddorol iawn."

"Y platiau 'na," meddai Gwyn. "Be ddigwyddodd i'r wraig?"

"O ia," meddai Alison. "Deudodd y dewin na fyddai o'n ei lladd hi; byddai'n gneud rhywbeth llawer gwaeth, felly gwnaeth o'i throi hi yn dylluan."

"Dwi'n gwbod be ddeudodd hi wedyn," meddai Roger.

"Be?"

"'Sgen i'm Clue – hŵ hŵ!"

"Rargol," meddai Gwyn, "ti mor hurt â bat pêl-droed."

PENNOD 9

"Dyna'r gorau allwn i'i neud," meddai Clive. "Dywedodd y fferyllydd mai dim ond y stwff twristaidd arferol oedd gynno fo mewn stoc, a dim o'r gêr datblygu. Mae'r ffilm yma'n un boblogaidd, mae'n debyg."

"Ydi," meddai Roger. "Mae o'r un peth yn union â'r un sydd yn fy nghamera i rŵan. Dim bwys. Mi wneith y tro. Diolch, Dad."

"Ddrwg gen i os ydi o'n dda i ddim," meddai Clive.

"Na, mi ddylai fod yn iawn. Dydi'r ffilmiau cyflym 'ma ddim yn chwyddo cystal â'r un ro'n i isio. Gronynnau braidd yn amlwg, dyna i gyd."

"Ydyn nhw, hefyd?" meddai Clive.

"Mi a' i i lawr at yr afon cyn iddi ddechrau tywyllu."

"Bosib wela i di yno," meddai Clive. "Ddylwn i fedru neud rhyw awren. Mae Margaret yn cael hoe fach. Gyda llaw, ydi'r hen Ali o gwmpas?"

"Siŵr o fod," meddai Roger. "Dwi'm wedi'i gweld hi ers cyn te. Wyt ti isio i mi roi bloedd arni?"

"Paid â phoeni," meddai Clive. "Dim brys. Mi wnes i brynu anrheg fach i ddangos fy edmygedd ohoni tra oedden ni allan."

Tynnodd Clive focs bychan allan o'i boced, a'i agor. Y tu

mewn roedd cregyn llygaid maharen o bob lliw a llun wedi'u gludo'n sownd yn ei gilydd a'u peintio a'u farneisio, i wneud tylluan.

"Ges i o mewn lle o'r enw Keltikrafts," meddai. "Meddwl y byddai'n apelio ati – roedd hi'n torri rhai o'r hen betha 'ma allan neithiwr, wyddost ti, a'r eiliad welais i hwn mi wnes i feddwl, dyna'r union beth i'r hen Ali. Sbia, mae 'na 'chydig o'r iaith leol ar y cefn: 'Cyfarchion o Wlad y Gân' mae'n feddwl. Gwnaeth y ferch ifanc yn y siop ei gyfieithu i mi. Fydd hi'n ei licio fo, ti'n meddwl?"

"Mae hi wedi gwirioni ar dylluanod, o leia," meddai Roger.

Casglodd ei dreipod, ei gamera a'i fesurydd golau, a mynd ar hyd y dreif blaen. Gwyrai'r dreif heibio buarth y stablau ac arweiniai giât fechan yn y wal at gefn y stablau, lle tamp o dan y coed, lle byddai Huw Hanerob yn torri coed tân. Byddai gwastraff o'r ardd yn cael ei losgi yma, drws nesa i gwt haearn oedd yn cael ei gadw ar ei draed gan y llanast yr oedd i fod i'w warchod. Stordy coed Huw oedd o. Byddai unrhyw sbarion o waith cynnal a chadw yn cael eu hychwanegu at y pentwr, a dros y blynyddoedd roedd wedi tyfu'n llanast o fadarch a rhwd, ond doedd hyn ddim yn rhwystro Gwyn rhag ceisio gwthio tuag at gefn y pentwr.

Pwysodd Roger yn erbyn y giât. "Cael hwyl arni?"

"Mae hi wedi'u rhoi nhw yn rhywle," meddai Gwyn. "Mae hi wedi cuddio'r llestri."

"Ond ydi fan'na'n lle amlwg?" meddai Roger.

"Dwi wedi trio'r llefydd amlwg," meddai Gwyn. "Bob un ohonyn nhw, o'r to i'r selar – tai gwydr, stablau, y cwbl lot. Felly mae hynna'n gadael y llefydd llai amlwg, tydi?"

Dringodd Roger dros y llanast i ymuno gyda Gwyn. "Mae 'na set gyfa' o lestri cinio, ac mae hynna'n cymryd dipyn o le. Fedri di weld bod y twll yma ddim wedi cael ei gyffwrdd. Wyt ti wedi trio uwch ben y stablau?"

Roedd tair stafell uwch ben y stablau, ac oherwydd bod y stablau wedi'u hadeiladu i mewn i fryn, roedd gan gefnau'r stafelloedd hyn ddrysau ar lefel y tir. Roedd un o'r stafelloedd yn cael ei defnyddio ar gyfer tennis bwrdd, a doedd Roger erioed wedi bod yn y ddwy arall.

"Dwi wedi sbio yn y stafell fawr," meddai Gwyn. "Mae Huw yn byw drws nesa ac mae'r unig oriad gynno fo, ac mae 'na glo clap ar y llall. Does 'na'm un o oriadau'r tŷ yn ffitio – dwi wedi trio."

"Dylen nhw," meddai Roger. "Gad i ni weld."

Roedd yn glo Yale efydd, trwm, a doedd yr un goriad yn ffitio.

"Wnei di byth symud hwnna," meddai Gwyn.

Rhoddodd Roger ei glust yn erbyn y drws. Amneidiodd ar Gwyn. Gwrandawodd y ddau.

"Mae 'na rywun yn symud o gwmpas tu mewn," sibrydodd Roger. "Ali?" galwodd. "Ali?"

"Ti sy 'na, Alison?" meddai Gwyn.

Dim ateb.

"Be glywaist ti?" meddai Roger.

"Siffrwd, swishan," meddai Gwyn. "Dim sŵn traed."

"Sut fyddai hi wedi mynd mewn?"

"Hwyrach fod 'na ddrws yn mynd drwadd o le Huw. Ond mae hwnnw wedi'i gloi."

"Ali," galwodd Roger. "Ali, paid â chwarae'n wirion."

"Bosib bod 'na ffordd i fyny o'r stabal," meddai Gwyn.

Aethon nhw i chwilio ond dod o hyd i ddim byd, er eu bod yn dal i glywed y symudiadau ysgafn uwch eu pennau.

"Dwi'n mynd i drio'r ffenest," meddai Roger. "Dyro help i mi efo'r ysgol 'ma."

Pwysodd y ddau yr ysgol yn erbyn y wal yn y buarth, a dringodd Roger i fyny tra safai Gwyn ar y ffon isaf.

"Fedra i ddim gweld llawer," meddai Roger. "Mae'r gwydr yn we pry cop i gyd tu mewn. Mae 'na ddrws gyferbyn – a rhywbeth sgwâr, ddim yn fawr iawn – crât, dwi'n meddwl, a rhywbeth du mewn cornel, ond dwi methu gweld. Hen stafell i gadw llanast, dyna i gyd – does neb tu mewn."

"Bosib mai hen ddail mewn drafft ydi o," meddai Gwyn. "Mae 'na ddigon wrth y drws."

"Ble wyt ti wedi trio'n barod?" meddai Roger wrth iddyn nhw gadw'r ysgol yn ôl yn y stabal.

"Wnes i ddeud – dros y tŷ i gyd, tu mewn ac allan, hyd yn oed cytiau'r cŵn, ac maen nhw'n llawn o weiren cwt ieir."

"Dwi'n mynd i orffen fy ffilm wrth y garreg 'na," meddai Roger. "Awydd dod?"

"Be am Alison?"

"Mae hi'n siŵr o ddod 'nôl am ei chinio mewn hanner awr," meddai Roger. "Ac os nad ydi hi o gwmpas y tŷ, efallai y gwelwn ni hi wrth yr afon."

"Ond ti'm yn dallt," meddai Gwyn.

"Ydw tad," meddai Roger. "Ro'n i'n bod yn dwp ar bwrpas. Fyddai hi ddim wedi gallu dal llawer mwy pnawn 'ma. Wnest ti'm gweld? Roedd hi'n llwyd fel llymru."

"Be wyt ti'n feddwl ydi o?" meddai Gwyn.

"Dwi'm yn gwbod," meddai Roger. "Dwi yn gwbod nad o'n i'n dychmygu pethau yn ei llofft hi y noson o'r blaen. Y busnes arall 'na, pan ro'n i'n meddwl 'mod i wedi clywed rhywun yn gweiddi – mi allai fod yn ormod o wres, am wn i. Ond roedd neithiwr yn ddigon i mi. Taset ti wedi'i weld o bysat ti wedi'i heglu hi."

"A'r pnawn ma?" meddai Gwyn. "Ar y lawnt?"

"Hyrddiad o wynt cryfach na'r cyffredin?"

"O, callia—"

"Iawn."

"A'r lluniau'n diflannu oddi ar y platiau?"

"Y *glaze*—"

"A'r malu'n deilchion? A'r stafell biliards? A'r belen llygoden yn y trap? A'r tylluanod? A'r blodau? A'r mabinogion?"

"Y be-gion?"

"Y llyfr 'na," meddai Gwyn. "*Y Mabinogion* ydi'i enw o: 'y ffrwd fyrlymus o athrylith Geltaidd', yn ôl Dicky Inglish. Ro'n i'n arfer meddwl mai llwyth o hen rwtsh oedd o."

"Doedd o'n golygu fawr ddim i mi," meddai Roger. "Be ydi o? Chwedl Gymreig?"

"O fath," meddai Gwyn. "Dwi'n difaru na fyddwn i wedi talu mwy o sylw."

"Dyma'r garreg," meddai Roger, "ac mae'r twll yn mynd reit drwyddi."

"Ac fe dyf erwain o'i hamgylch-amgylch-amgylch," meddai Gwyn, "ac fe dyf erwain o'i hamgylch. Ti'n deud bod y twll yn fframio'r coed ar y Bryn? Argol, ydi hefyd!"

"Sut bod ti'n gwbod be oedd y garreg os nad oeddet ti wedi'i gweld hi o'r blaen?" meddai Roger.

"Dwi'n nabod pob twmpath twrch daear yn y cwm 'ma," meddai Gwyn. "Dwi'n gwbod lle i chwilio am ddefaid ar ôl storm o eira. Dwi'n gwbod pwy gododd y bont i Ffarm Troedmynydd. Dwi'n gwbod pam nad eith Mrs May i'r swyddfa bost. Dwi'n gwbod sut i ddod o hyd i'r llechi sy'n pwyntio at y ffordd dros y mynydd os ei di ar goll mewn niwl. Dwi'n gwbod ble mae'r llwynogod yn mynd pan maen nhw'n cael eu hela. Dwi hyd yn oed yn gwbod be mae Mrs Harvey yn ei wbod – a ddois i yma am y tro cynta wythnos dwytha! Gneud i ti chwerthin, tydi? Mae Mam yn casáu'r lle, ond fedar hi ddim cael gwared ohono fo, ti'n gweld? Mae'n teimlo fel taswn i wedi treulio pob noson o 'mywyd i yn gwrando ar Mam yn y stryd gefn 'na yn Aber, yn mynd 'mlaen a 'mlaen am y cwm. Dechreuodd hi weithio yn y gegin fan hyn pan oedd hi'n ddim ond deuddeg oed. Roedd 'na lond gwlad o staff adeg hynny, nid dim ond Huw yn trio cadw'r chwyn rhag tyfu."

"Ble mae pawb wedi mynd?" meddai Roger. "Mae'r rhan fwya o'r tai yn y cwm yn edrych yn wag."

"Pwy sy'n mynd i rentu i ni pan fedar crachach o Birmingham fforddio talu wyth bunt yr wythnos i gael swancio yn eu bwthyn yng Nghymru?"

"Fysat ti isio byw yma?"

"Mi ddylwn i fod yn y Senedd," meddai Gwyn.

Eisteddodd ar y garreg. "Ti'n iawn," meddai. "Mae'n bell iawn i daflu gwaywffon. Ond glywaist ti o, yndô? Ac wedyn mi wnaeth o sgrechian."

"Dwi'm yn cyfri hynna. Dwi ddim ond yn mynd ar be glywais i neithiwr," meddai Roger.

"A'r lawnt pnawn 'ma."

"Wyt ti'n meddwl mai ysbrydion sy 'ma 'ta?"

"Tydi ysbrydion ddim yn bwyta llygod," meddai Gwyn. "Gallai be bynnag fwytodd y llygoden dy fwyta di neu fi."

"Dwi'n rhoi'r gorau iddi," meddai Roger. "Ond os oes 'na fwy o hyn, dwi'n hel fy mhac, dwi'n deud wrthat ti rŵan."

"Sut wnei di ymdopi?"

"Mae'n hawdd troi Dad os wyt ti'n gwbod sut i'w droi o."

"A'r Mrs Bradley newydd?" meddai Gwyn. "Math o fis mêl teuluol ydi o i fod, ia?"

"Meindia dy fusnes," meddai Roger. Gwthiodd bigyn y treipod yn y pridd a gosod y camera.

"Be ddigwyddodd i dy fam go iawn di?" meddai Gwyn.

"Mi wnes i ddeud wrthat ti am feindio dy fusnes."

"Ydi hi o gwmpas y lle 'ta?"

Edrychodd Roger dros y camera at Gwyn. "Mi fala i di," meddai. "Os agori di dy hen geg un waith eto, mi fala i di."

"Iawn," meddai Gwyn.

"Iawn."

Canolbwyntiodd Gwyn ar grafu ei enw ar y garreg, a phlygodd Roger i ddarllen y mesurydd golau a chywiro'r lens.

"Dim ysbrydion y meirwon," meddai Gwyn ar ôl sbel. "Mwy fel – rhywbeth sy'n dal i ddigwydd?"

"Rhyw ddegfed ar f.16," meddai Roger. "Ai i fyny neu i lawr bob ochr o hynna? Methu fforddio newid y stop, chwaith. Be ddeudest ti?"

"Gwydion. Un o Dri Chrydd Aur Ynys Prydain. 'Tri Eur Gryd Ynys Brydein.' Fo ydi o."

"Am be wyt ti'n rwdlan?"

"Fo oedd y dewin wnaeth ferch o flodau i Lleu Llaw Gyffes. Dwi'n cofio rŵan. Wnaethon nhw ei ddarllen o'n uchel i ni yn yr ysgol flwyddyn neu ddwy yn ôl. Mi wnaeth Gwydion greu Blodeuwedd i Lleu, ac mi syrthiodd hi mewn cariad efo Gronw Pebr—"

"Dyna ddeudodd Alison."

"Ac mi laddodd Gronw Lleu fan hyn, wedyn mi laddodd Lleu Gronw, a chafodd Blodeuwedd ei throi yn dylluan—"

"Y drafferth ydi trio gosod y camera fel bod modd gweld y coed drwy'r twll," meddai Roger, "ond rhaid i ti fod o leia saith troedfedd i ffwrdd, neu fedri di ddim cael y garreg a'r coed mewn ffocws yr un pryd. Dwi isio defnyddio'r garreg fel ffrâm i'r coed yn y pellter. Dylai neud llun diddorol."

"Meddylia am y peth!" meddai Gwyn. "Dynes wedi'i gneud o flodau ac wedyn yn cael ei throi'n dylluan. Y platiau, 'de! Mae o i gyd yna tasen ni'n gallu'i weld o!" Neidiodd i lawr a rhedeg i gyfeiriad y tŷ.

"Ble wyt ti'n mynd rŵan?" gwaeddodd Roger.

"Huw Hanerob! 'Gwylia sut wyt ti'n sbio arni.' Mae o'n gwbod, y diawl!"

Aeth Roger yn ôl at ei gamera. Roedd y golau'n edwino'n gyflym a phenderfynodd ddefnyddio fframiau olaf ei ffilm i dynnu lluniau araf. Pan bwysodd y botwm, ddechreuodd y camera ganu grwndi ac wedi sawl eiliad, cliciodd. Canu grwndi a chlic. Canu grwndi a chlic. Ac edrychai fel petai'r cysgodion yn codi allan o'r dŵr.

"Tynnu lluniau dach chi?"

Bu bron i Roger wichian gan fraw. Roedd Huw Hanerob

yn sefyll y tu ôl iddo. Roedd yn cario canghennau ar ei ysgwydd, a doedd Roger ddim wedi'i glywed yn dod ar hyd glan yr afon.

"Be sy'n bod arnat ti, yn stelcian i fyny arna i fel'na! Mi allwn i fod wedi malu 'nghamera!"

"Ro'n i'n dod â priciau," meddai Huw, "i'r tân, yndê."

"Pam na wnei di nôl peth o'r goedwig?" meddai Roger. "Mae'r lle'n berwi efo hen goediach."

"'Dan ni ddim yn mynd fan'no," meddai Huw.

"Pam ddim?"

"Tir preifat."

"Preifat? Paid â bod yn wirion. Mae'r arwydd yno i gadw cerddwyr draw, nid ti."

"Mae o o achos teulu preifat pam bod ni ddim yn mynd i'r goedwig," meddai Huw. "Dyna i gyd." Gollyngodd ei bwn ar y llawr a mynd i lawr ar un ben-glin wrth ei ymyl. "Tynnu llun o Lech Ronw, ia?"

"Naci," meddai Roger yn goeglyd. "Cofgolofn Lloyd George."

"Am glyfar," meddai Huw.

Canu grwndi, clic.

"Os na ti'n meindio," meddai Roger, "dwi'n trio gorffen hyn cyn iddi dywyllu. Mae Gwyn yn chwilio amdanat ti."

Dechreuodd Huw sugno ar getyn heb ei danio, gan droi'r bowlen gydag ôl llosgi arni.

"Mae'n hen garreg," meddai, "Llech Ronw."

"Glywaist ti fi? Mae Gwyn yn chwilio amdanat ti—"

"Ddim yn ddyn drwg," meddai Huw. "Ddim ei fai o i gyd. Mae hi'n gneud llygaid arno fo, gwraig y dyn arall."

"Yr un oedd i fod wedi'i gneud o flodau?" meddai Roger.

"Ia," meddai Huw. "Blodeuwedd. Dach chi'n nabod hi? Mae gynnoch chi wybodaeth y cigfrain? Ydi, mae hi'n gneud llygaid arno fo, y dyn bonheddig – Gronw Pebr, Arglwydd Penllyn."

"Dach chi ddim yn siarad am unrhyw beth arall ffordd yma?" meddai Roger. "Mi fyddech chi'n taeru mai dyma'r unig beth ddigwyddodd yma erioed."

Canu grwndi.

"Mae hynny'n wir," meddai Huw.

Clic.

"Wedi gorffen," meddai Roger.

"Mae Lleu yn arglwydd caled," meddai Huw. "Mae o'n lladd Gronw heb wylltio, heb gariad, heb drugaredd. Mae o wedi'i frifo gormod gan y ddynes a'r waywffon. Ond be sy ar ôl wedyn? Ei falchder o. Dim gwraig, dim ffrind."

Syllodd Roger ar Huw. "Dwyt ti ddim mor dwp â ti'n ymddangos, nagwyt?" meddai. "Ond a deud y gwir, dwi wedi bod yn meddwl – y boi Gronw 'na oedd yr unig un efo unrhyw fath o gyts, ar y diwedd."

"Ond y bai i gyd ddim ar neb," meddai Huw. "Dim ond efo'i gilydd maen nhw'n dinistrio ei gilydd."

"Roedd 'na fai ar y ddynes Blod 'na," meddai Roger, "dim bwys sut wyt ti'n sbio arni."

"Nagoedd," meddai Huw. "Cafodd hi ei gneud i'w harglwydd. Does neb wedi gofyn iddi hi os ydi hi yn isio fo. Mae'n siŵr o gorddi rhywun i gael ei gau i fyny efo person dwyt ti ddim yn ei licio lawer. Dwi'n meddwl ei bod hi'n aml wedi hiraethu am ei chyfnod fel un o flodau'r maes, ac mae hynny'n gneud hi'n greulon, fel mae rhosyn yn tyfu draenen."

"Rargol, mae hyn yn dy gnoi di go iawn, tydi?" meddai Roger. "A bydda i cyn waethed â ti toc. Yma ers dim ond wythnos a dwi ar bigau drain yn barod. Mae 'na fyd mawr y tu allan i'r cwm 'ma, wyddost ti."

"Dwi wedi bod allan o'r cwm," meddai Huw. "Un waith. Dyna pam dwi'n Huw Hanerob."

"Dwi ddim yn gweld y cysylltiad," meddai Roger. Cydiodd yn y treipod a rhoi'r camera am ei war. "Rhaid i mi fynd," meddai. "Bydda i'n hwyr i swper."

"Dwi'n dod fyny i'r tŷ," meddai Huw, "felly galla i ddeud wrthach chi."

"Iawn," meddai Roger. "Digon teg. Pam maen nhw'n dy alw di'n Huw Hanerob?"

"Roedden ni'n brin iawn o gig yn y cwm ers talwm," meddai Huw. "Ac roedd 'na ddyn yn y cwm nesa. Roedd gynno fo foch ond yn gwrthod gadael i neb eu cael nhw."

"Felly be wnest ti?"

"Dwi'n mynd ato fo a gofyn iddo fo adael i mi gymryd y moch os o'n i'n rhoi rhywbeth iddo fo."

"Digon teg," meddai Roger. "Wnaeth o gytuno?"

"Do."

"Ac mi gymraist ti'r moch, a dyna sut gest ti'r enw."

"Ia," chwarddodd Huw. "Gwnes i ei dwyllo fo'n daclus iawn."

"A be wnest ti roi iddo am y moch?" meddai Roger.

"Deuddeg ceffyl da," meddai Huw. "Efo cyfrwyau a ffrwynau aur! A deuddeg milgi gwych, pob un efo coler a thennyn aur!"

Siglodd Huw wrth chwerthin cymaint.

"Gwnest ti newid rheina am 'chydig o foch seimllyd?" meddai Roger.

Chwarddodd Huw gan ddangos ei ddannedd, a chydio ym mraich Roger rhag iddo ddisgyn.

"Dwyt ti ddim yn gall," meddai Roger. "Rwyt ti'n honco, yn honco bost."

"Na, na," chwarddodd Huw. Sychodd ei lygaid. "Ei dwyllo fo wnes i!"

"Os felly, fi sy'n honco," meddai Roger. "Honco bost am wrando arnat ti."

"Na, na," meddai Huw. "Dach chi'n gweld – y milgwn, a'r ceffylau, a'r pethe eraill – ro'n i'n gneud nhw o gaws llyffant!"

Pennod 10

Tua diwedd amser swper rhoddodd Gwyn y platiau wrth y sinc a mynd i gynnau'r tân yn y lolfa. Chwaraeodd gyda phapur a brigau a'u bwydo gyda stribedi o risgl coed bedw. Yna taclusodd y coed tân yn y fasged. Yna cyneuodd y lampiau. Gosododd fwy o goed yn erbyn cefn y tân, gan geisio peidio â hel mwg i'r stafell.

Daeth Roger a'i dad drwadd o'r stafell fwyta a gwneud eu hunain yn gyfforddus mewn cadeiriau esmwyth. Rhoddodd Gwyn y lamp grog ar y simdde. Roedd yn rhaid iddo ei gwthio'n ofalus i'w lle fel na fyddai'r fantell asbestos yn torri. Cadwodd y wic yn isel i gynhesu'r gwydr. Yna taclusodd y coed yn y fasged eto a sgubo'r aelwyd. Trodd y lampau i fyny'n araf rhag ofn iddyn nhw fflachio. Wedyn rhoddodd fwy o goed ar y tân ac aildrefnu'r coed yn y fasged.

"Dwi'n meddwl y byddwn ni'n iawn rŵan," meddai Clive. "Diolch o galon."

"Mi wna i'n siŵr bod y lampau'n iawn, Mr Bradley," meddai Gwyn.

"Maen nhw'n edrych yn tsiampion i mi," meddai Clive.

"A gwell i mi ddod â mwy o goed i chi."

"Fyddwn ni'n iawn," meddai Clive. "Baswn i'n ei hel hi am adre rŵan, taswn i'n chdi."

"O – iawn–"

"Nos da, Gwyn."

"Nos da, Mr Bradley."

"Un peth bach, 'rhen foi."

"Ia, Mr Bradley?"

"Os oes 'na rywbeth rwyt ti isio'i ddeud wrth fy merch i, gad i ni gyd ei glywed o, ia? Gad i ni beidio cael mwy o gyfrinachau, iawn?"

Safodd Gwyn yn y tywyllwch wrth droed y grisiau rhwng y stafell fwyta a'r lolfa. Llusgodd ei ddwrn ar hyd y wal, yn ceisio brifo ei hun.

"Unrhyw lwc efo'r lluniau?" clywodd Clive yn gofyn drwy'r drws agored.

"Dwi'm yn gwbod eto," meddai Roger. "Ga i weld fory pan fydda i wedi'u datblygu nhw. Os byddan nhw'n iawn, fydd o ddim diolch i'r lolyn Hanerob 'na. Roedd o'n trio'u chwalu nhw drwy'r adeg. Wir i ti, Dad, bydd raid i ti neud rhywbeth amdano fo. Be o'n i'n ddeud wrthat ti—"

"Ia, wn i," meddai Clive. "Ond mae o'n hollol ddiniwed."

"Ydi o?" meddai Roger. "Mae o'n gry' fel tarw. Ac yn honco bost."

"Ydi, ond mae o wedi bod yma erioed. Mae'n gwbod ble mae bob dim. A ble fydden ni'n dod o hyd i rywun arall i neud ei waith o? Byddai'r lle'n mynd rhwng y cŵn a'r brain."

"Faswn i ddim yn colli cwsg dros hynny," meddai Roger.

"A be am Margaret?" meddai Clive. "Fyddai hi ddim yn cael llawer o wyliau tase raid i ni chwilota am foi newydd."

"Wrth gwrs," meddai Roger. "Ro'n i'n anghofio am Margaret."

Camodd Gwyn yn ôl i'r cysgodion wrth i rywun ddod i lawr y grisiau. Alison. Cariai lamp fechan, a phan gyrhaeddodd waelod y grisiau, symudodd Gwyn yn ei flaen fel ei bod hi'n gallu ei weld. Chwifiodd ei law tuag at y stafell fwyta. Oedodd Alison. Edrychodd ar ddrws agored y lolfa. Roedd Clive a Roger yn dal i siarad. Edrychodd ar Gwyn, ac yna eto at y drws, ac yna gwyliodd Gwyn hi'n ei basio, o fewn llathen, i mewn i'r lolfa, a'i gwylio yn cau'r drws.

"Helô, yr hen goes," meddai Clive. Cododd pan ddaeth Alison i mewn. "Rŵan ble mae o? A-ha. Dyma 'chydig o lol fach ddiniwed i ti. Ges i hwn yn dre heddiw. Meddwl y byddai o'n rhoi gwên ar dy wyneb di. Ac mi wnes i lwyddo i gael dy bapur trêsio i ti, gyda llaw."

"O Clive, dyna glên," meddai Alison. Cymerodd y bocs. "Rwyt ti'n gariad."

Rhedodd Gwyn drwy'r stafell fwyta a'r stafell lampau i'r gegin a stopio pan gyrhaeddodd y sinc. Safodd yn stond. Yna trodd y tapiau ymlaen a phwyso gyda'i ddwylo yn erbyn y sinc gan wylio'r dŵr yn codi. Gwasgodd ychydig o sebon i mewn i'r sinc, codi gwydryn gwin budr o'r bwrdd diferu, a dechrau, yn araf ac yn drefnus, i olchi'r llestri. Yna sychodd bob dim a'u cadw. Wnaeth o fawr ddim sŵn o'r dechrau i'r diwedd, a dim ond pan aeth i hongian y lliain i'w sychu y sylwodd ar ei fam wrth y stof.

Roedd hi'n eistedd ar gadair, yn syllu ar y drws tân caeedig. Roedd un llaw yn cydio'n dynn am y reilen lieiniau, ei garddwrn yn edrych fel petai hi yn ceisio dadsgriwio'r reilen, ond llithrai ei bysedd ar y dur llachar.

"Helô, Mam," meddai Gwyn. "Welais i mo'noch chi yn fan'na. Ddylwn i gynnau lamp arall?"

"Na, fachgien, gad o."

"Ddim fel ein tân ni yn Aber," meddai Gwyn, "ydi o, Mam?"

"Ddylwn i byth fod wedi dod," meddai Nansi. "Ddylwn i ddim fod wedi dod. Dio'm yn iawn. Paid byth â mynd 'nôl, 'ngwas i. Paid byth mynd 'nôl."

"Be sy'n bod, Mam? Cur pen?" Allai Gwyn ddim gweld ei llygaid hi, ond gallai glywed sŵn crafu ei hanadlu, a oedd mor boenus o agos at ddagrau.

"Tase 'na gyfiawnder yn y Nefoedd," meddai Nansi.

Rhoddodd Gwyn ei fraich am ysgwydd ei fam.

"Be sy, Mam?"

"Ddylwn i ddim fod wedi dod."

"Felly pam ddaethon ni 'ta?" meddai Gwyn. "Sut gawson nhw afael ar ein cyfeiriad ni?"

"Fo roddodd o iddi. Wedyn mi wnaeth hi sgwennu."

"Ond doedd dim rhaid i ni ddod."

"Mae'n bres da, 'mach i," meddai Nansi. "Ond ddylwn i ddim fod wedi gwrando ar ei seboni hi."

"Gan bwy oedd ein cyfeiriad ni?" meddai Gwyn.

"Y lolyn gwirion 'na tu allan."

"Huw? Pam fyddai'n cyfeiriad ni gynno fo?"

Gafaelodd Nansi'n dynnach am y reilen.

"Mam," meddai Gwyn. "Gwrandewch, Mam. Mae'n rhaid i ni siarad am hyn."

"Does 'na'm byd i'w ddeud."

"Oes, mae 'na. Gwrandewch, Mam ... jest un waith. Plis."

"Wnes i ddeud wrthat ti i beidio sbio arno fo. Dwi'n feddwl o."

"Mam, gwrandewch – plis, Mam!"

Roedd Nansi'n dawel.

"Wnaethoch chi ddeud cymaint wrtha i am y cwm," meddai Gwyn, "roedd o fel dod adre. Dwi wedi nabod y lle 'ma erioed – yn well nag Aber. Mam, dwi hyd yn oed yn gwbod pwy ydi pobl pan dwi'n eu gweld nhw, wnaethoch chi eu disgrifio nhw mor dda! Felly pam nad o'n i'n gwbod am Huw Hanerob?"

"Dydi o ddim yn cyfri," meddai Nansi.

"Ydi mae o," meddai Gwyn. "Dydi pobl y cwm ddim yn ei alw o'n ffŵl. Mae o'n bwysig. Pam na wnaethoch chi ddeud?"

"Pwy wyt ti wedi bod yn gwrando arnyn nhw?" meddai Nansi. "Ti wedi bod yn siarad tu ôl i 'nghefn i, do?"

"Naddo, Mam," meddai Gwyn.

"Ar eu hochor nhw, wyt ti?" meddai Nansi. "Yn hel clecs amdana i!"

"Mam!"

Roedd Gwyn yn sefyll wrth fwrdd y gegin. Roedd Nansi'n eistedd ar y gadair. Doedd hi ddim wedi tynnu ei llygaid oddi ar ddrws y stof ers i Gwyn ddechrau siarad gyda hi, ond bellach roedd ei dwy law ar y rheilen.

"Mam. Ddois i i wbod am Huw. A'r platiau 'na."

"Dwi'n deud wrthat ti, gog," meddai Nansi. Roedd ei llais yn araf. "Os deudi di un gair arall wrth yr hen ffŵl 'na, neu os deudi di air amdano fo wrtha i neu unrhyw un arall, mi wna i gerdded allan o'r tŷ 'ma, a byddi di'n gadael yr ysgol 'na. Dim mwy o addysg i ti – ti'n dechra tu ôl i gownter y Co-op."

"Fedrwch chi'm gneud hynna," meddai Gwyn.

"Dwi'n deud wrthat ti, fachgien."

"Fedrwch chi ddim."

"Mae'n ddigon drwg gorfod cowtowio o flaen rheina mewn fan'na," meddai Nansi. "Dwi ddim yn mynd i'w gymryd o gan fy nheulu fy hun. Dwi ddim wedi slafio yr holl flynyddoedd yn Aber er mwyn i ti gael sbio i lawr dy drwyn di arna i, fel un ohonyn nhw."

"Dwi'n Premium Bond ar goesau, ydw i?" meddai Gwyn.

Aeth Nansi at ddresar y gegin a chwilota yn un o'r cypyrddau. "Dwi'n deud wrthat ti, fachgien. Ble wyt ti'n mynd rŵan?"

"I 'ngwely. Nos da."

"Ble mae'r aspirin?" meddai Nansi. "Gen i gur pen."

"'Mae gen i,'" cywirodd Gwyn ei fam. "'Mae gen i gur pen.' Mae'n hyll i adael y 'mae' allan. Ac os dach chi isio aspirin, dach chi wedi sbio yn eich pwrs?"

Pennod 11

Eith hi ddim drwy'r gegin achos mae Mam yn bolltio'r drws. Eith hi ddim drwy flaen y tŷ achos mae 'na ddau ddrws i'w datgloi. Felly'r stafell gotiau fydd hi. Iawn, 'ngeneth i. Paid â brysio.

Safai Gwyn ar deras uchel yr ardd uwch ben cefn y tŷ, yn edrych dros y stafell gotiau. Pwysodd yn erbyn coeden wrth y sietin, lle deuai'r ffordd agosaf at y tŷ, yn pasio ychydig lathenni i ffwrdd ar lefel y to wrth iddi gyrlio o amgylch y Bryn. Roedd wedi bod yn sefyll yno ers dwy awr, heb symud.

Rwyt ti'n mynd i ddod allan drwy'r drws yna, a'r unig ffordd o dy ddal di ydi gwylio, a dal ati i wylio, ond fyddai gan neb yr amynedd i sefyll yma a gneud hynny, na fyddai? Braidd yn ddiflas, 'rhen fachgien.

Ar y dechrau roedd Gwyn wedi meddwl y byddai'n amhosib. Roedd y tywyllwch mor gyson a llwyr, ac roedd o isio symud – dim ond cam neu ddau ac yn ôl – unrhyw beth i basio'r amser. Ond roedd o wedi gosod ei hun yn erbyn y bonyn ac yn raddol gwahanodd y nos yn gwmwl a mynydd, yn goed, afon a gwynt, a sŵn yn y dail a'r gwair. Lladdwyd rhywbeth gan garlwm wrth ei ymyl, ond wnaeth o ddim symud.

Disgleiriai'r lleuad.

A dechreuodd Gwyn chwarae gydag amser, gan rannu eiliad i funudau, ac yna i oriau – neu gymryd awr a'i gwasgu i eiliad. Dim brys.

Torrwyd ar ei ganolbwyntio unwaith yn unig, pan gafodd ei ddychryn gan sŵn carnau yn carlamu, ond yr eilad nesaf gwenodd wrth i foto-beic basio heibio. Creodd y golau we o gysgodion dros ei wyneb.

Kick-start!

Symudai goleuadau y tu mewn i'r tŷ wrth i'r teulu noswylio. Diffoddwyd dau olau, un llofft uwch ben y llall. Roger ac Alison. Ffenest Alison aeth yn dywyll gyntaf.

Paid â bod yn ddiamynedd, hogan.

Ond roedd Gwyn wedi'i chamfarnu. Gwelodd y llenni yn gwahanu, ac wyneb aneglur yn ymddangos. Roedd hi'n eistedd ar sil y ffenest. Gorfododd Gwyn ei hun i suddo i mewn i'r bonyn. Teimlai ei fod dan lifoleuadau. Ond roedd Alison yn gwylio adlewyrchiad golau Roger ar yr ardd serth, a phan ddiffoddodd o ei lamp, gadawodd Alison y ffenest.

Rŵan gad i ni weld pa mor dda wyt ti go iawn, meddyliodd Gwyn, a dechreuodd gyfri.

Roedd bron awr wedi pasio, yn ei dyb o o leia, cyn iddo weld ffalch o dortsh Alison yn y llofft.

"Ddim yn ddrwg," meddai Gwyn. "Ddim yn ddrwg o gwbl."

Pan agorodd Alison ddrws y stafell gotiau roedd Gwyn uwch ei phen hi, yn barod.

Aeth hi ar hyd cefn y tŷ a heibio'r stafell biliards. Arhosodd Gwyn yn ddigon pell i fyny ar y ffordd. Fe allai hi fod yn anelu at y dreif cefn neu'r goedwig. Roedd hi'n gwisgo trowsus, côt law a sgidiau mynydda.

Croesodd Alison y darn agored wrth gytiau'r cŵn. Roedd Gwyn wedi gadael iddi fynd. Wnaeth o ddim meiddio cychwyn ar ei hôl hi nes ei bod hi ar y llwybr oedd yn arwain i lawr o'r cytiau cŵn i'r dreif. Roedd y llwybr yn mynd rhwng dwy sietin.

Rhoddodd Gwyn ddeg eiliad ychwanegol iddi, ond roedd y llwybr yn dywyll, ac roedd yn gorfod ymbalfalu yn ei flaen, a phan gyrhaeddodd y dreif roedd Alison wedi diflannu.

Rhegodd Gwyn. Doedd dim golwg ohoni. Oddi tano ymestynnai'r goedwig drwy dir corslyd tuag at yr afon, ac o'i flaen roedd y dreif, gyda choed ar hyd bob ochr. Rhedodd ar ei hyd bob cam at giât y ffordd, ond welodd o ddim byd. Rhedodd yn ei ôl tuag at y tŷ. Os oedd hi wedi mynd y ffordd yma at flaen y tŷ byddai wedi'i chlywed wrth iddi gyrraedd cerrig mân y dreif. Mae'n rhaid bod Alison yn y goedwig. Stopiodd Gwyn, a dechrau gwylio a gwrando eto. Ymhell ymysg y coed, yn ddwfn yn y gors, gwelodd olau.

Symudodd Gwyn i mewn i'r goedwig. Yr eiliad adawodd o'r dreif, roedd yn brwydro drwy hen wreiddiau, llysnafedd, creigiau, hen lwybrau. Daeth o hyd i ddrain a dail poethion drwy eu cyffwrdd, a phan geisiodd sadio ei hun yn erbyn coed, syrthiodd y rheiny drosodd, eu gwreiddiau ar goll yn y mawn. Roedd y goedwig yn troi'n gors.

Gwnaeth Gwyn ei ffordd tuag at y golau. Roedd Alison wedi stopio, ac ymlwybrodd Gwyn yn ei flaen yn araf iawn. Roedd o o fewn ychydig lathenni pan ddiffoddwyd y golau.

Be rŵan? Fydd hi ddim yn gallu gweld ddim gwell na fi, felly bydd hi'n dal yna, yn syth o 'mlaen i, i'r chwith o'r stwmpyn yna—

Daeth y golau ymlaen eto, ond yn bell i'r dde, bron allan o'i olwg.

Be mae hi'n drio'i neud?

Roedd y golau'n symud ar gyflymdra cerdded, yn wincian, fel petai'r batri ar fin darfod. Dilynodd Gwyn hi.

Sut wnaeth hi gyrraedd fan'na mor gyflym? Chlywais i mohoni. Gwrandawodd. Roedd yr afon yng nghefndir pob sŵn, ond roedd ei glustiau wedi arfer efo'r nos.

Mae'n rhaid ei bod hi wedi hedfan.

Dilynodd y golau. Dechreuodd Alison symud yn igam-ogam.

Does dim posib ei bod hi'n gwybod 'mod i wedi'i dal hi wrthi. Be mae hi'n drio'i neud?

A diffoddodd y golau eto.

Ddim dwywaith, 'ngeneth i.

Plygodd Gwyn yn isel i fedru gweld amlinelliad Alison yn erbyn yr awyr. Roedd hi rhywle'n agos at ymyl y goedwig, ac roedd y coed yn ddu yn erbyn y mynydd arian.

Rŵan 'ta.

Ond daeth y golau ymlaen hyd yn oed yn bellach i ffwrdd, ac yn ddwfn yn y goedwig. Roedd y batri'n dal i fynd, ond roedd y golau'n dal i wincian.

Cysylltiad gwan, meddyliodd Gwyn. Ond sut dy fod ti'n symud mor gyflym? Be mae hi isio? Isio 'nrysu i fel ei bod hi'n gallu llithro o 'ngolwg i?

Gwnaeth Gwyn yn siŵr nad oedd Alison wedi'i roi dan lifolau y lleuad. Gan aros yn ei gwrcwd, rhedodd am gysgod coeden a sefyll yn ei herbyn.

Roedd o'n dechrau mwynhau'r gêm.

Hen dro, 'ngeneth i. Be wnei di rŵan?

Roedd y golau yn gyson.

Dy dro di rŵan, 'rhen hogan.

Hyrddiodd Gwyn ei ben yn ôl yn erbyn bonyn y goeden. Roedd y golau'n dal yno, ond roedd un arall wedi ymddangos, ganllath i'r chwith. Dau olau. A daeth y cyntaf tuag ato yn ofalus.

Chwyrlïodd Gwyn o amgylch y bonyn. Roedd trydydd tân egwan y tu ôl iddo. Gwelodd nad tortshys mohonyn nhw, ddim o'r dechrau un. Safodd fel petai wedi'i glymu i'r goeden. Fflamau oedden nhw. Roedden nhw wedi'i ddal.

Os gwna i weiddi, wnaiff neb fy nghlywed.

Cerddodd y fflamau, dau o bell, yn hamddenol, am yn ôl ac am ymlaen, yn ei wahanu o'r byd y tu allan i'r goedwig, wrth i'r fflam gyntaf agosáu.

Dyma lle aeth hen daid Huw yn wallgo. Dwi angen mynd o 'ma. Dwi angen mynd o 'ma.

Ac weithiau tyfai'r fflam yn uchel, a siglo, fel petai'n chwerthin.

Sut fedra i rwystro fy hun rhag mynd yn wallgo? Doedd o ddim wedi'i anafu, nagoedd?

Allai o mo'i ddiodde fo – tu mewn, yn ei ben. Meddylia, fachgien! Dwyt ti'm yn dwp! Gwna rywbeth! Defnyddia dy ben!

"'Mae – corff yn disgyn – ar gyflymdra o – dri deg dau – tri deg dau troedfedd yr eiliad – yr eiliad.'"

Roedd mwy o fflamau rŵan. Roedd o'n ymwybodol ohonyn nhw, ond allai o ddim tynnu ei lygaid oddi ar y fflam fawr. Roedd yn symud yn araf, yn simsanu, yn chwarae efo fo, ac yn dod yn nes.

Af i ddim yn honco. Be welodd yr hen daid? Cau dy geg! "'Mae corff yn disgyn ar gyflymdra o dri deg dau troedfedd yr eiliad yr eiliad. Yr eiliad yr eiliad.'" Dim ond tân ydi o. Dyna i gyd. Ond be ddigwyddodd iddo fo? "'Mae treiglad meddal yn dilyn yr arddodiaid: am, ar, at, gan, dros, drwy, wrth, dan, heb, hyd, i, o'!" gwaeddodd Gwyn.

Ond roedd y fflam cyn daled â fo, ac yn sefyll o'i flaen.

"'1536, Y Deddfau Uno! 1543, Cymru'n cael ei rhannu yn ddeuddeg sir! Cynrychiolwyr yn cael eu gyrru i Westminster!

"'Mae sylwedd wedi'i neud o – o dri – dri pheth! Elfen! A – a chyfansoddyn! A chymysgedd! Disgrifiwch arbrawf!' Mam! 'Malwch! Malwch gyda'i gilydd! Gyda'i gilydd – deg gram o *fused sodium acetate* a phymtheg gram o galch soda! Rhowch beth o'r gymysgedd yn y tiwb profi, Mam, a'i gynhesu i dymheredd uchel! Wedyn – wedyn $NaC_2H_3O_4$ + $NaOH = Na_2CO_3 + CH_I$!' Mae o! Mae o! Mae o!"

Dawnsiai'r fflamau eraill.

Stopiodd Gwyn. Roedd hi'n dawel iawn yn y goedwig. Syllodd Gwyn ar y fflam. Gollyngodd y goeden a chymryd cam araf ymlaen tuag at y tân glas, a cham arall.

"CH_4," meddai. "CH_4? Un atom o garbon o phedwar atom o hydrogen. Mae hynna'n – gneud – methan – Methan!"

Neidiodd Gwyn at y fflam. Glaniodd ar ei bedwar mewn dŵr a dail wedi pydru, ac roedd y fflam wedi mynd.

Brasgamodd Gwyn drwy'r llaid a stampio ar y dafod o fflam agosaf. Diflannodd y dafod.

"Methan!" Stamp. "Methan!" Sblash. "Nwy cors!" Sathrodd

Gwyn y gwe pry cop, yn chwerthin llond ei fol. "CH-bali-pedwar!"

Syrthiodd yn erbyn coeden ifanc a dorrodd yn ei hanner. Gwnaeth y sŵn iddo godi. "O damia," meddai. "Alison."

Mae hynna wedi'i gneud hi rŵan, yndô? Meddwl dy fod ti'n glyfar, doeddet, yn disgwyl mor amyneddgar a phob dim? Ac mae'n rhaid i ti fynd a thaflu'r cwbl i ffwrdd ac yntau wedi'i roi i ti ar blât. Ha! Plât! Gwerth dwy geiniog o fethan a ti'n sgrechian mwrdwr. Byddi di'n lwcus o fynd o fewn milltir i'r platiau 'na rŵan – a rargol, mi neith stori fach dda i'r annwyl llysfrawd!

Cychwynnodd Gwyn allan o'r gors. Roedd o mor flin gyda'i hun, chymerodd o ddim sylw o'r nwy cors, nac o'r goedwig, nac o olau'r lleuad, nac o'r sŵn roedd o'n ei wneud.

Ffŵl.

Penbwl.

Cymro dwl.

"A-tshŵ!"

Stopiodd ar ganol cam.

"A-tshŵ!"

Roedd y tisiad yn agos. Gwrandawodd, ond chlywodd o ddim i roi cyfeiriad iddo.

Craffodd ar y goedwig. I'w dde roedd y tir yn serth a hynod ddu. O'i flaen ymestynnai sarn uchel ar draws pwll hyd at giât yn y ffens derfyn ar ei chwith. Arhosodd am symudiad i ddangos lle roedd hi. Trodd ei ben o ochr i ochr, yn astudio pob dim a welai.

Wedi dy ddal di.

Roedd hi'n sefyll o dan goeden ar ben pella'r sarn, wrth

ymyl y giât. Edrychodd ac edrychodd. Daeth hi'n fwy clir, yn sefyll wedi'i hanner cuddio gan batrwm y dail yng ngolau'r lleuad. Gallai weld ei hamlinelliad drwy'r canghennau.

Ond ydi hi wedi 'ngweld i? Fydd y platiau ddim fan'na ganddi, ac os deuda i rywbeth bydd hi'n esgus bod yn dwp a fyddwn ni ddim callach.

Arhosa i faint fynni di tro 'ma, 'ngeneth i. Be sy? Meddwl dy fod ti wedi clywed rhywbeth? Gan bwyll. Os symudi di, mi wela i di. Aros di nes byddwn ni'n dawel, braf eto ac yn siŵr bod neb ar dy ôl di, wedyn bydd yn ddiogel i ti ddal i fynd – ac mi fydda i reit y tu ôl i ti, Miss Alison.

"A-tshŵ!"

Gwasgodd Gwyn ei ddannedd. Roedd Alison wedi tisian reit wrth ei ymyl, uwch ben, a mymryn i'r dde, lle roedd y goedwig ar ei thywyllaf. Gorfododd Gwyn ei hun i edrych.

"Myn uffarn i!" meddai Gwyn.

Roedd hen gwt ieir ar olwynion haearn yn pydru ynghanol y gors, ac o'i du mewn daeth sŵn rhywun yn symud llestri.

Felly pwy sydd wrth y ffens?

Roedd yr amlinelliad yn dal yno ar ddiwedd y sarn, yn aros o dan y goeden, pen ac ysgwyddau, a breichiau a'r corff main, ac wedyn gwelodd, yr un mor glir, ddail a changhennau, llwyni a golau lleuad, a neb yno'n aros.

"Myn uffarn i!"

Tylinodd Gwyn ei wyneb gyda'i ddwylo ac ysgwyd ei ben. Roedd ei lygaid yn drwm dan y straen.

Roedd ffenest ar ochr bella'r cwt, a weiren fân wedi'i hoelio drosti. Daeth Gwyn o hyd i'r drws, oedd heb glo, dim ond clicied ar y tu allan.

Roedd Alison yn ei chwrcwd dros ei thortsh, oedd yn pwyso yn erbyn pentwr o blatiau, ac roedd hi'n torri tylluanod allan o bapur trêsio. Roedd hi'n gweithio'n gyflym, yn rhoi pob tylluan o'r neilltu yr eiliad roedd hi wedi'i gorffen, a dechrau ar y nesaf. Roedd y pentyrrau platiau o'i chwmpas ac yn adlewyrchu golau'r tortsh. Siglai ar ei sodlau, yn canolbwyntio'n llwyr.

Camodd Gwyn yn ôl o'r ffenest.

"Alison," meddai'n dawel. "Gwyn sy 'ma."

Diffoddwyd y golau.

"Alison."

Rhedodd at y drws.

"Alison. Fi sy 'ma. Gwyn. Paid â bod ofn."

Dim ateb.

"Alison."

Agorodd y drws. Roedd y cwt yn dwll du ac ni welai ddim.

"Alison. Paid â bod yn wirion. Isio dy helpu di ydw i. Alison. Dwi'n dod i mewn. Rho dy dortsh 'mlaen."

"Cer o 'ma."

Rhoddodd ei law ar ffrâm y drws.

"Cer. O 'ma."

Roedd rhyw fath o siffrwd yn y tywyllwch, fel adenydd, ond mor sych a chaled â chroen neidr.

"Alison, dwi'n dod i mewn."

"Cer. O 'ma."

Roedd y rhybudd, y bygythiad yn y sŵn yn ei ddychryn i'r byw – y shifflan sydyn o'r pentwr platiau.

"Paid, Alison. Rhaid i ti stopio."

"Cer. O 'ma."

Clanciodd y platiau. Plymiodd Gwyn i mewn.

Trawodd Alison gyda'i ysgwydd a dal ei breichiau wrth ei hochrau. Roedd hi'n brwydro'n ôl, yn corddi, yn cicio, ond cydiodd Gwyn ynddi'n dynn. Roedd ei ben wedi'i guddio'n agos at ei chôt law ac yn ddigon pell o'i chyrraedd. Chwalodd y llestri'n deilchion oddi tanynt. Daliodd Gwyn hi nes roedd ei nerth hi wedi pylu, a gadawodd iddi wylo nes ei bod hi'n dawel.

Yna ymbalfalodd am y tortsh.

"Ti'n iawn, wyt ti?" meddai Gwyn.

"Ydw."

"Mae'n ddrwg gen i os gwnes i dy frifo di, ond roedd yn rhaid i mi dy rwystro di rhag gneud y tylluanod 'na."

"Pam?"

"Pam?" meddai Gwyn. "Dwyt ti ddim yn gwbod pam?"

"Mae'n rhaid i mi eu gneud nhw," meddai Alison. "Dwi'n gweithio fy hun i fyny ac yn mynd yn anniddig i gyd, a dyna'r unig beth sy'n gneud i mi deimlo'n well."

"Yn well?" meddai Gwyn. "Neu wedi ymlâdd?"

"Alla i ddim egluro," meddai Alison. "Dwi'n teimlo fel taswn i ar fin ffrwydro, ac os gallai drêsio'r patrwm, mae'r teimlad yn cael ei ffrwyno i neud hynny. Ro'n i bron â gorffen. Faswn i ddim yn hir yn—"

"Na," meddai Gwyn. "Gad nhw, a cher i dy wely."

"Allwn i byth. Dwi ar bigau'r drain. Plis gad i mi 'u gorffen nhw, wedyn fydda i'n iawn."

"Sut wyt ti'n gneud i betha hedfan," meddai Gwyn, "fel y llyfr 'na ata i, a'r plât at Mam?"

"Ydw i?" meddai Alison. "Dwi'n cael y teimlad 'ma 'mod i'n

mynd i ffrwydro – mae o fel colli dy dymer a bod ag ofn, ond mae'n llawer mwy na hynna. Mae 'nghorff i'n mynd yn dynnach ac yn dynnach a – ac wedyn mae o fel tasa 'nghroen i'n dyllau i gyd, fel y weiren ar y ffenest 'na, ac mae'r cwbl yn saethu allan."

"Ydi o wedi digwydd o'r blaen, cyn i ti neud y tylluanod?"

"Naddo."

"Felly weli di ddim fod raid i ti roi'r gorau iddi?"

"Alla i ddim, Gwyn. Dwyt ti ddim yn gwbod sut mae'n teimlo. Mae'n rhaid i mi eu gorffen nhw."

"Faint oedd ar ôl i'w gneud?"

"Ro'n i ar yr un ola. Plis, Gwyn. Wedyn ga i gysgu. Dwi wedi blino'n rhacs."

"Mae 'na olwg felly arnat ti," meddai Gwyn. "Iawn. Ond ti'n addo—"

"Dwi'n addo," meddai Alison, gan gydio yn y siswrn.

Torrodd o amgylch y patrwm roedd hi wedi'i gopïo o'r plât, heb fawr o fanylion, ond digon iddi wneud y dylluan.

"Dyna ni," meddai. "Dyna'r set llestri cyfan."

"Gymra i'r siswrn, os gweli di'n dda," meddai Gwyn. "Diolch. Ga i gadw'r dylluan yma?"

"Cei," meddai Alison. "Gwna be lici di."

Plygodd Gwyn y dylluan a'i rhoi yn ei boced.

"Rŵan 'ta, ty'd 'laen, 'nôl fyny at y tŷ."

Rhoddodd ei law ar fraich Alison. Roedd hi'n crynu a dechreuodd ei dannedd glecian.

"Ty'd 'laen, Alison. Rwyt ti wedi ymlâdd."

Cydiodd Alison yn ei lawes, gan droelli'r defnydd gyda'i dwy law.

"Mae gen i ofn. Helpa fi. Mae'n erchyll. Dwyt ti ddim yn deall. Plis, Gwyn. Mae gen i ofn. Gwyn."

"Dwi fan hyn," meddai Gwyn. "Be sy'n codi ofn arnat ti?"

"Bob dim," meddai Alison. "Dwi'n teimlo bod – fedra i ddim deud wrthat ti. Mae o fel tasai—"

"Ti'n dal i ddeud dy fod ti'n methu deud wrtha i, a 'mod i ddim yn deall. Pam na wnei di drio?"

"Does gen i mo'r geiriau," meddai Alison.

"Tria."

"Does 'na ddim byd yn ddiogel rŵan. Dwi'm yn gwbod lle ydw i. Ddoe, heddiw, fory – dydyn nhw'n golygu dim. Dwi'n teimlo eu bod nhw yma'r un pryd, yn aros."

"Ers pryd wyt ti'n teimlo fel hyn?"

"Dwi'm yn gwbod."

"Ers ddoe?"

"Dwi'm yn gwbod. Dwi'm yn gwbod be ydi ddoe."

"A dyna be sy'n dy ddychryn di?"

"Nid dim ond hynny," meddai Alison. "Mae pob darn ohona i wedi drysu'r un fath. Dwi isio chwerthin a chrio dragwyddol."

"Swnio'n fetaffisegol iawn i mi," meddai Gwyn.

"Ro'n i'n gwbod na faset ti'n deall, Gwyn. Mae gen i ofn. Mae gen i ofn be sy tu allan."

"Allan yn lle?" meddai Gwyn.

"Tu allan i'r cwt ma."

"Be sy tu allan i'r cwt 'ma?"

"Bob dim!"

"Rho'r gorau iddi!" meddai Gwyn. Ysgydwodd Alison. "Paid â chwarae ysbrydion efo fi! Sterics ydi hyn, hogan! Ty'd i fyny i'r tŷ rŵan, i ti gael cwsg."

"Gwyn, na! Feiddia i ddim! Dwi'n saff fan hyn."

"Fedri di'm byw mewn hen gwt ieir am weddill dy fywyd, siŵr!" meddai Gwyn. "Os wyt ti'n gadael i dy hun fynd, fyddi di'n dda i ddim. Mae'n rhaid i ti gallio. Meddylia am blatiaid o benwaig cochion oer."

"O, Gwyn!" Bron i Alison chwerthin.

"Dwi o ddifri. Mae'n hen goedwig sy'n ddigon i godi ofn ar rywun – felly meddylia am lond plât o benwaig cochion oer. Mae o i gyd yn dy feddwl di."

Cydiodd Gwyn yn llaw Alison, a gwthio'r drws yn agored gyda'i gefn. Gwelodd Alison yn rhythu dros ei ysgwydd.

"Gwyn."

"Penwaig cochion oer, cofio?"

"Gwyn, sbia."

Rhewodd y wên ar ei wyneb. Edrychodd.

Roedd colofn o olau yn sefyll ar ddiwedd y sarn, o dan y goeden wrth ymyl y giât yn y ffens derfyn. Roedd y golofn yn dal, ac yn deneuach ar ei thop a'i gwaelod, a chrogai llenni o fflamau oddi arni.

Dechreuodd Alison riddfan.

"Mae'n iawn," cysurodd Gwyn hi. "Alison, mae'n iawn. Dyna be ro'n i'n sôn amdano fo."

Camodd Alison yn ôl am y cwt. "Na, sbia."

"Dim ond nwy cors ydi o," meddai Gwyn. "Mae'n rhywbeth digon cyffredin mewn llefydd fel hyn, lle mae planhigion yn pydru dan y dŵr. Neith o ddim byd i ti."

"Na," meddai Alison.

"Methan ydi o. Mae'n rhaid dy fod ti wedi clywed amdano

fo. Cymysgedd syml o garbon a hydrogen, a dydi o ddim yn wenwynig. Ty'd i weld."

"Na. Dwyt ti ddim yn dallt," meddai Alison.

"Wyt ti isio i mi ei ddiffodd o i ti?" meddai Gwyn. "Neu neidio arno fo?"

"Na, Gwyn! Plis!"

"Dim ond nwy cors ydi o."

"Falle mai nwy cors ydi o," meddai Alison. "Dio'm bwys be ydi o. Fedri di'm gweld? Mae'n cael ei reoli!"

"Iawn, Alison, 'nôl a ni," meddai Gwyn. "Mi fydd hi'n olau dydd, toc. Arhoswn ni fan hyn, ac mi wna i sôn wrthat ti am y penwaig cochion, ia?"

Eisteddodd y ddau ar lawr y cwt, a chuddiodd Alison ei phen yn ysgwydd Gwyn, a siaradodd o â hi nes bod yr haul wedi codi dros y mynydd. Wedyn bu'n rhaid iddo ei deffro.

Camodd y ddau allan o'r cwt i mewn i enfys o wlith a cherdded gyda'i gilydd i fyny at y tŷ drwy wawr canol haf.

Roedd Huw Hanerob yn crafu graean y dreif gyda chribin. Gwthiodd ei gap yn ei ôl ar ei ben pan ymddangosodd Gwyn ac Alison.

"Mae hi wedi dod," meddai.

Pennod 12

Aeth Gwyn gydag Alison cyn belled â drws y stafell gotiau.

Roedd Huw Hanerob yn pwyso ar ei gribin, a chymerodd o ddim sylw pan ddaeth Gwyn yn ei ôl. Cerddodd Gwyn ato a chicio'r gribin i ffwrdd, fel bod Huw yn syrthio yn ei flaen. Cododd Gwyn hi a'i chario at y stablau. Roedd un o ddrysau'r garej yn agored, ac aeth i mewn a rhoi'r gribin i grogi ar y wal. Trodd i wynebu Huw Hanerob, oedd wedi'i ddilyn heb ddweud gair.

"Dach chi'n cael eich talu fesul tasg rŵan," meddai Gwyn, "neu ai cribinio'r dreif ydi'ch ateb chi i'r broblem o be i'w neud efo amser hamdden?"

"Mae 'na lawer i'w neud," meddai Huw. "A dwi'n cael dim help."

"Felly dach chi'n dechre am bedwar bob bore."

"Dim ond yn yr haf."

"Peidiwch â rhoi'r edrychiad twyllo twristiaid 'na i mi," meddai Gwyn. "Gewch chi gadw'r llygaid llo ar gyfer rhyw lo arall, Mister Huw, ddim fi."

Ddywedodd Huw yr un gair. Sylwodd Gwyn fod ei freichiau yr un trwch o'r ysgwydd i'r garddwrn, ac yn hongian yn llonydd.

"Mae Alison wedi gorffen trêsio'r tylluanod ar y set llestri 'na. Mae hi'n eu troi nhw'n fodelau papur." Rhoddodd Gwyn ei law yn ei boced. Crychodd ei dalcen, yna trodd y boced tu chwith allan. "Roedd gen i un," meddai. "Dim bwys. Mae hi'n gneud y gwdihŵs 'ma. Yn fuan wedyn, mae'n ymddangos bod y patrwm yn diflannu oddi ar y platiau. Cwestiwn cynta, Mister Huw?"

"Mae hi isio bod yn flodau," meddai Huw, "ond dach chi'n gneud hi'n dylluanod. Pam 'dan ni'n dinistrio'n hunain?"

"Fi sy'n gofyn y cwestiynau," meddai Gwyn. "Be sydd a wnelo'r platiau 'na â Blodeuwedd?"

"Hi ydi'r ferch," meddai Huw.

"Felly?"

"Ac mae hi wedi dod."

"Be mae hynna'n feddwl?"

"Dwi ddim yn gwbod."

"Mister Huw," meddai Gwyn, "dwi newydd weld Alison wedi dychryn gymaint â'r penbwl rydach chi'n esgus bod, a dwi'n meddwl eich bod chi'n gwbod am y peth, a dach chi'n mynd i ddeud wrtha i. Be sy'n bod efo'r platiau 'na?"

"Taid wnaeth nhw."

"A?"

"Aeth o'n wallgo bost."

"Iawn, wnawn ni chwarae'ch gêm chi am 'chydig 'ta," meddai Gwyn. "Pam aeth o'n wallgo?"

"I lawr yn y goedwig," meddai Huw.

"'Pam' ddeudes i, ddim 'lle' – ond dio'm bwys. Ble yn y goedwig, Mister Huw?"

"Mae 'na sarn dros y gors at giât yn y ffens ar lan yr afon," meddai Huw. "Gwelodd o'r ddynes oedd wedi'i gneud o flodau, ond doedd o ddim yn ddigon cry i'w chadw hi, a newidiodd hi yn … wnaeth o byth ddeud be ddigwyddodd. Lawr yn y goedwig. 'Dan ni'm yn mynd fan'no."

Roedd Gwyn wedi mynd yn welw. "Wrth y giât," meddai, "ar ddiwedd y sarn, dan goeden, yn agos at y cwt ieir."

"Sut wyt ti'n gwbod hynna?" gofynnodd Huw. Sodrodd ei hun yn fawr yn y drws. "Sut wyt ti'n gwbod? 'Dan ni'm yn mynd fan'no." Taflodd ei freichiau ymlaen a chydio yn Gwyn. "Dwi wedi deud wrthat ti, 'dan ni'm yn mynd fan'no."

"Pwy ydi 'ni'?" Dach chi ddim yn fòs arna i. Mi a' i lle licia i," meddai Gwyn. "Gollyngwch fi. Dach chi'n 'y mrifo i."

"'Dan ni ddim yn rhydd," meddai Huw. "'Dan ni wedi trio gormod o weithie i ddod yn rhydd. Does dim un arglwydd yn rhydd. Mi wnaeth fy nhaid i drio, a wnaeth fy ewyrth i drio, ac mi wnes i drio rhoi diwedd ar y peth, ond does 'na'm diwedd iddi."

"Gollyngwch fi!"

Llwyddodd Gwyn i dynnu ei hun o afael Huw, ond allai o ddim cyrraedd y drws. Neidiodd dros gist ddroriau a chydio ynddi gerfydd y corneli, yn barod i ochrgamu petai Huw yn symud. Ond arhosodd Huw ar ganol y llawr, a siarad fel petai dim oll wedi digwydd.

"Mae hi isio bod yn flodau, ond dach chi'n ei gneud hi'n dylluanod. Felly allwch chi ddim cwyno os ydi hi'n mynd i hela."

"Siaradwch 'chydig o sens, ddyn!" gwaeddodd Gwyn. "Plis! Mae'n rhaid i mi gael gwbod!"

"Rwyt ti yn gwbod," meddai Huw. "Lleu, Blodeuwedd a Gronw Pebr. Nhw ydi'r tri sy'n diodde bob tro. Ynddyn nhw mae pŵer y cwm, a thrwyddyn nhw mae'r pŵer yn cael ei ryddhau."

"Pa bŵer ydi hwn?" meddai Gwyn.

Dim ateb.

"Huw. Ysbrydion ydyn nhw?"

Ysgydwodd Huw ei ben.

"Ydi'r pŵer yn y platiau?"

"Peth ohono fo," meddai Huw. "Am 'chydig, a 'chydig."

"A'r llun 'na yn y stafell biliards? Dach chi'n gwbod, tydach?"

"O ydw," meddai Huw. "Fy ewyrth i wnaeth hwnna."

"Pryd?"

"O, flynyddoedd yn ôl."

"Ond mae o'n ganrifoedd oed, ddyn!"

"Ydi, fy ewyrth i beintiodd o."

"Ond 'di hynna ddim yn bosib."

"Ac mi gafodd heddwch, hefyd, wedyn, cyn iddo fo farw. Ti'n gweld. Roedd Taid a'n ewyrth i yn ddynion arbennig, ac roedden nhw'n meddwl y gallen nhw ei dofi hi. Roedden nhw'n meddwl y gallen nhw roi diwedd ar dristwch y cwm. Ond wnaethon nhw dylluanod, ac aeth hi i hela. Gawson nhw wared ohoni yn y diwedd drwy ei chloi hi mewn plât a wal – a chwilio wedyn am fedd tawel."

"Be sydd a wnelo hyn efo chi, neu'ch taid, neu'ch ewyrth?" meddai Gwyn.

"Mae'r gwaed ynon ni," meddai Huw. "Ac mae'n rhaid i ni ei ddiodde fo. Rhaid i arglwydd edrych ar ôl ei bobl, a ddylen nhw ddim diodde oherwydd ei bechodau o. Pan gymerais i bwerau y dderwen a'r banadl a'r erwain, a'u gwneud yn ferch, roedd hynny'n gam mawr – i roi'r pwerau hynny i feddwl oedd yn gallu meddwl."

"Wnaethoch chi mo hynny," meddai Gwyn. "Dach chi wedi drysu. Stori ydi hi, Huw, mewn llyfrau – am yr hen, hen amser, a dyn o'r enw Gwydion wnaeth Blodeuwedd, ddim chi. Mae'n rhaid i chi gael trefn ar yr hyn dach chi'n ei wbod a'r hyn dach chi wedi'i ddarllen neu'i glywed. Dach chi wedi cymysgu'n rhacs. Wnaethoch chi 'rioed greu neb o flodau, a wnaeth eich ewyrth chi ddim peintio'r llun 'na chwaith."

"Be dwi'n ei wbod?" meddai Huw, ac roedd gan Gwyn ofn y braw a welai yn llygaid Huw. "Be dwi'n ei wbod?... Dwi'n gwbod mwy na dwi'n ei wbod ... dwi ddim yn gwbod be dwi'n ei wbod ... y pwysau, pwysau'r holl beth!"

"Huw! Rhowch y gorau i esgus bod yn hurt! Maen nhw'n meddwl eich bod chi'n wallgo bost ac mae Roger yn trio'u cael nhw i gael gwared ohonoch chi. Glywais i nhw."

"Wnawn nhw ddim byd," meddai Huw.

"Gewch chi'r sac, yn bendant, os bydd o'n eu siwtio nhw," meddai Gwyn. "Triwch, ddyn. Peidiwch â rhoi'r ffasiwn sioe 'mlaen – y rwtsh 'na am gaws llyffant a moch – stori arall am Gwydion oedd honna, ddim chi. Mae Alison wedi bod yn darllen yr hen chwedlau 'na, a phan oedd Roger yn mwydro amdanoch chi neithiwr, ddeudodd hi'r cyfan. Mae'n un peth i roi'r sioe 'hen was crebachlyd' ymlaen os daw o â phunt neu ddwy i'ch poced, ond mae'r criw yma'n meddwl eich bod chi'n eu twyllo nhw. Fyddwch chi allan ar eich pen. Ddim chi sy pia'r lle, 'rhen foi."

"Naci?" meddai Huw. "O, eu henwau nhw sydd ar lyfrau'r

cyfreithwyr, ond fi pia'r tir, y mynydd, y cwm. Fi pia cân y gwcw, y drain, yr aeron. Fi pia'r ogof dywyll!"

"Dach chi'n gwrthod gweld, tydach?" Gwthiodd Gwyn ei ffordd heibio i Huw. "Allan o'n ffordd i, y diawl gwirion! A gwnewch y caead 'na i ddrws y garat," galwodd wedyn dros ei ysgwydd, "neu mi fydd 'na le yma!"

PENNOD 13

"Ti'n edrych braidd yn wantan bore 'ma," meddai Clive. "Wyt ti'n siŵr dy fod ti'n iawn? Rhaid i ti beidio â'i gor-neud hi, ti'n gwbod. Gneud dim lles i hogan ifanc."

"Dwi'n iawn, diolch," meddai Alison. "Dwi jest ddim wedi deffro'n iawn eto, dyna'r cwbl. Dwi wastad fel hyn os dwi'n cysgu'n hwyr."

"Wyt ti am i mi gael 'rhen Nansi i botsio wy i ti?" meddai Clive. "Wnaethon ni gadw dy frecwast di hynny fedren ni, ond aeth o braidd yn annymunol."

"Na. Wir rŵan, Clive. Fydda i'n iawn. Dwi'n meddwl a' i am 'chydig o awyr iach."

"Siort ora," meddai Clive.

"Ble mae Roger?" meddai Alison.

"Mae o i lawr yn y selar efo'i ffilmiau, yn datblygu, dwi'n meddwl. Beth bynnag, ddeudodd i ni beidio â'i styrbio fo. Mae o wedi cloi'r drws i'n rhwystro ni rhag cerdded i mewn ar eiliad dyngedfennol – ti'n gwbod sut rai ydi'r eithafwyr stafell dywyll 'ma."

"Dim bwys," meddai Alison, "fydda i ddim yn hir."

"Ym – cofia be ddeudodd Margaret, yn gwnei?"

"Gwnaf, Clive."

"Fedar mamau ddim peidio â phoeni—"

"Na, Clive."

"Hynny ydy, meddwl amdanat ti mae hi—"

"Ia, Clive."

"Mae hi – 'dan ni isio i ti fwynhau dy hun, ti'n gwbod. 'Dan ni am i ti fod yn hapus, dyna i gyd."

"Rwyt ti'n annwyl iawn, Clive," meddai Alison. "Wela i di amser cinio."

"Hwyl," meddai Clive.

Cerddodd Alison ar hyd llwybr yr afon o dan y teras. Roedd gwres y dydd eisoes yn anghyfforddus, ond o dan y coed roedd yr awyr yn dal yn lled oer.

Aeth y llwybr i mewn i'r gors wrth y cwt ieir. Roedd Gwyn yn eistedd ar fonyn wrth y llwybr.

"Helô," meddai Alison.

"Helô."

Dringodd Alison ar graig.

Pwyntiodd Gwyn drwy'r coed. "Ti'n gweld y llinell dywyll 'na'n mynd i fyny'r mynydd? Dyna'r hen ffordd fawn. Bob haf byddai pobl o'r cwm yn mynd i fyny yna i dorri mawn. Fydden nhw wrthi am bedwar diwrnod."

"Sut oedden nhw'n ei gario fo i lawr?" meddai Alison.

"Ceffylau," meddai Gwyn.

"Ond mae o mor serth."

"Roedden nhw'n defnyddio slediau. A ti'n gweld y graith uwch ben y nant yn fan'cw? Fan'no oedd y chwarel ar gyfer codi'r tŷ. Mae'r llechi da i gyd yr ochr draw. Ar yr ochr yma mae'n garreg sâl iawn. Cyma olwg ar yr hen bont ffordd y tro nesa yr ei di i'r siop. Roedd hi wedi'i gneud o'r llechen sâl, ac mae'n torri'n ddarnau. Ond mae'r tŷ fel newydd. Neith o byth dreulio."

"Faswn i'n licio bod fel ti," meddai Alison. "Ti'n perthyn yma."

'Fi? Dyma'r tro cynta i mi weld y lle—"

"Yn hollol," meddai Alison. "Ddoist ti yma wythnos yn ôl, a ti'n gwbod bob dim, fel taset ti wedi byw yma erioed – tra dwi wedi bod yn treulio 'ngwyliau yma ar hyd fy oes, ac eto dwi ddim yn perthyn. Dwi mor ddiwerth ag un o'r merched 'na mewn lluniau ffasiwn – yn sefyll mewn cae o ŷd, neu mewn pwll o ddŵr, neu ar fynydd, ac maen nhw'n edrych yn ddel ond does gynnyn nhw ddim clem lle maen nhw. Dwi fel'na, dwi ddim yn perthyn."

"Dy dŷ di ydi o," meddai Gwyn.

"Dydi hynna ddim yn cyfri rhyw lawer ar hyn o bryd."

"Ers pryd mae'r lle wedi perthyn i dy deulu di?"

"Dim syniad. Dad etifeddodd o drwy gefnder gafodd ei ladd."

"Pryd gafodd o ei ladd?"

"O, oes yn ôl, cyn i mi gael fy ngeni. Dwi wedi gweld lluniau ohono fo – roedd o'n dipyn o bishyn. Bertram oedd ei enw o."

"Ond ti sy pia'r tŷ."

"Ia."

"Taset ti'n rhoi dy droed i lawr o ddifri, fyddet ti'n cael dy ffordd dy hun?"

"Mam a Clive sy'n rhedeg y stad rŵan. Dydi o ddim yn hawdd. Pam, be sy?"

"Dwi'n poeni am Huw," meddai Gwyn. "Wnewch chi'm rhoi'r sac iddo fo, gobeithio?"

"Maen nhw'n trafod y peth," meddai Alison. "Ond does 'na neb i gymryd ei le o. Mae Clive yn poeni ei fod o'n beryglus. Ydi o?"

Ysgydwodd Gwyn ei ben. "Dwi'm yn gwbod. Mae 'na ormod sy'n rhyfedd amdano fo – a gormod ohono fo'n gneud synnwyr. Mae o'n siarad mor aneglur, hyd yn oed yn Gymraeg, mae hi mor anodd ei ddeall o. Dwi'n teimlo'n wael am y peth, am wn i, achos gawson ni ffrae ar ôl i ti fynd i'r tŷ, ac mi wnes i golli 'nhymer. Ond ers hynny dwi wedi bod yn meddwl, a gallai be mae o'n ei ddeud fod yn wir."

"Be ydi hynny?"

"Ty'd i edrych yn y cwt ieir."

"Byddai'n well gen i beidio," meddai Alison. "Dwi wedi bod yn meddwl hefyd."

"Fyddwn ni ddim chwinciad," meddai Gwyn. Agorodd y drws. "Dyna ni. Un set o lestri cinio plaen, gwyn, wedi malu, yn barod i gael eu taflu. Be wnawn ni?"

"Na, Gwyn. Mae gen i ofn eto. A'r teimlad tyn 'na tu mewn i mi."

"Paid â phoeni. Mae'r patrwm wedi mynd ac mae pob darn yn deilchion. Mi fedri di ddeud wrthat ti dy hun ein bod ni wedi malu'r cyfan pan oedden ni'n cwffio neithiwr, os lici di. Dwi'm yn gwbod sut ti'n ymdopi efo'r patrwm. A ble mae'r tylluanod wnest ti?"

"Gwyn, paid â hefru arna i, plis! Ddim ti. Ti ydi'r unig un fedra i siarad efo fo."

"Fyddet ti byth yn meddwl hynny," meddai Gwyn. "Be am pan o'n i angen siarad efo ti? Y ffordd wnest ti hwylio heibio a mynd i'r lolfa efo dy 'O, Clive, dyna glên!', a finne allan fan'na. Sut wyt ti'n meddwl roedd hynna'n teimlo?"

"Doedd gen i ddim dewis," meddai Alison. "Roedd Mam ar fin dod i lawr unrhyw eiliad, ac roedden ni wedi cael coblyn o ffrae am y neges roist ti yn y sbrowts."

"Wel, be oedd hynny o bwys?" meddai Gwyn.

"Deud fod raid i ti 'ngweld i. Roedd Mam yn gandryll. Ddeudodd hi bethe ofnadwy. Do'n i ddim yn gwbod ei bod hi'n gallu bod fel'na."

"Fel be?"

"Fedra i'm deud wrthat ti, Gwyn."

"Diolch yn fawr, Miss Alison. Ddrwg gen i agor 'y 'ngheg."

"Paid, Gwyn. Ddim y fi ydi o."

"Pwy ydi o, 'ta?"

"Dwi ... wel—"

"Dwi ddim ond isio siarad efo ti, hogan."

"Finna hefyd. Ti ydi'r unig un 'rioed sy wedi 'ngalw i'n 'Alison'."

'Dyna be ydi d'enw di."

"Ond dwi wastad yn cael fy ngalw'n 'Ali'. Mae'n afiach. Bali Ali."

"Dwi jest isio siarad efo ti," meddai Gwyn. "Efo ti mae o i gyd yn mynd y ffordd dwi am iddo fo fynd. Wyt ti wedi cael brecwast?"

"Na, fedrwn i ddim."

"Na finne. Fedrwn i ddim llyncu. Roedd o fel llwch lli."

Aeth Gwyn yn ôl at y bonyn coeden.

"Mae'n rhaid i ni siarad am y platiau 'ma."

"Pam?" meddai Alison. "Maen nhw wedi malu. Dydi o

ddim llwchyn o bwys. O! Llwch!" chwarddodd Alison, gan orchuddio'i hwyneb gyda'i dwylo. "Llwch lli!"

"Callia," meddai Gwyn. "Ty'd 'laen, Alison, dyna ddigon rŵan. Ty'd 'laen, hogan. Mae'n ddrwg gen i. Dylwn i fod wedi meddwl."

"Helô." Pwysai Roger yn erbyn coeden. "Ro'n i'n meddwl tybed lle roeddech chi. Dwi wedi bod yn galw a galw. Mae gen i luniau dwi isio i chi eu gweld."

"Yn y munud," meddai Gwyn.

"Ty'd i weld, Ali," meddai Roger.

"Yn y munud, ddeudes i," meddai Gwyn.

"Ali," meddai Roger, "mae dy fam di o gwmpas y lle. Ti'm yn meddwl—? Cofio?"

"Am be mae o'n fwydro?" meddai Gwyn.

Edrychodd Alison arno. "Gwyn – paid â dod i'r tŷ efo ni. Gwyn, mi wnes i drio, ond ddeudodd Mami 'mod i ddim i fod i siarad efo ti."

"Deall yn iawn, Miss Alison," meddai Gwyn. "A gofalaf ddefnyddio'r drws cefn yn unig o hyn allan." Cerddodd yn gyflym ar hyd y llwybr ac yna i fyny drwy'r coed at y dreif cefn.

"Gwyn, fiw i mi!"

"Mae gan y boi yna tsipsen maint yr Wyddfa ar ei ysgwydd," meddai Roger.

Pennod 14

"Wrth gwrs, tase'r stwff iawn gen i, gallwn i fod wedi'i chwyddo fo gymaint â'r wal," meddai Roger. "Fel mae hi, dwi wedi bod yn chwysu yn y selar 'na drwy'r bore yn trio balansio pethau, ond mae'n lladdfa i ddefnyddio'r ffilm a'r papur yna ar gyfer gwaith mor fanwl. Ond, mae 'na ddigon i roi rhyw fath o syniad i ti, a bosib y byddi di'n gallu deud be ydi o – llygaid ffres, ac ati."

"Ddim rŵan, Roger," meddai Alison.

"Mae'r lluniau ar fwrdd y stafell fwyta. Fyddan nhw 'chydig yn damp, felly paid â chwarae efo nhw."

"Na. Nes 'mlaen. Ddim rŵan."

"Ges i andros o fraw, dwi'n deud wrthat ti," meddai Roger. "Y ddau ola oedd o, pan oedd y lwmp Cymro blewog 'na'n fy ngwylio i wrthi. Roedd Gwyn yno pan dynnais i'r rhan fwya o'r gweddill. Ti'n gallu gweld ei law o. Roedd o'n eistedd ar y garreg cyn iddo fo fynd i chwilio am ei fêt. Ond y pwynt ydi, Ali, cafodd y lluniau i gyd eu tynnu o fewn pum munud, unwaith o'n i wedi gosod y camera, ac ro'n i'n edrych ar y Bryn fwy neu lai drwy'r adeg. Beth bynnag, cymer olwg drosot ti dy hun. Maen nhw i mewn fan'ma."

Ond yr eiliad agorodd Roger y drws, rhedodd Alison heibio iddo ac i fyny'r grisiau.

"Oi! Ali!"

Clywodd ei drws yn bangio a sŵn sbrings gwely yn canu yn y pellter.

"Merched!" meddai Roger, a mynd i mewn i'r stafell fwyta. Roedd ei luniau wedi'u pentyrru ar sil y ffenest mewn golau haul llachar. Roedd y rhai uchaf wedi rhowlio eu hunain yn diwbiau. Roedd Nansi'n gosod y bwrdd.

"Pwy sy wedi symud fy lluniau i?" meddai Roger.

"Roedden nhw ar y bwrdd," meddai Nansi.

"Dwi'n gwbod eu bod nhw ar y bwrdd. Rois i nhw yno i orffen sychu. Dwi wedi treulio'r bore cyfan ar y lluniau 'na!"

"Roedden nhw yn y ffordd," meddai Nansi. "Mae gen i waith i'w neud, ac nid ar y bwrdd bwyta mae lle papur gludiog pan ti'n gorfod ei bolisho fo bob dydd, a ddwywaith weithie."

"Yn y ffordd?" meddai Roger. "Rwyt ti wedi difetha fy lluniau i, dyna i gyd! Yn y ffordd, wir! Ai dy job di ydi penderfynu be sy yn y ffordd yn y lle 'ma?"

"Dwi isio gweld Mrs Bradley."

"Wnei di ddim busnesa mewn pethau sydd a wnelo nhw ddim oll â ti, dyna be wnei di."

"Helô, helô, helô," meddai Clive. Dechreuodd siarad ac yntau'n dal i ddod drwy'r stafell gotiau. "Be ydi'r holl hŵ-ha 'ma?"

"Dwi isio siarad efo Musus," meddai Nansi. "Dwi'n rhoi fy notis i mewn."

"Mae hi wedi difetha fy—"

"Iawn, ol-reit," meddai Clive. "Be am drio setlo hyn, ia? Rŵan 'ta, 'rhen foi, casgla dy bethe a diflannu am 'chydig, ia?"

"Ond, Dad—"

"Mi wna i dy helpu di i gael trefn arnyn nhw yn y parlwr, ond aros di funud, da'r hogyn. Fydda i efo ti cyn i ti droi rownd."

Casglodd Roger ei luniau a gadael y stafell. Aeth drwadd at y parlwr a'u dadrowlio ar y llawr, gan wrando ar y lleisiau – tôn undonog Nansi a llais llawn dawn darbwyllo ei dad. Wedyn daeth Clive ato i'r parlwr. Roedd wrthi'n rhoi ei waled yn ôl yn ei boced. "Gwyliau drud, hwn," meddai.

"Ro'n i wrthi drwy'r bore efo'r lluniau 'ma," meddai Roger, "ac mae hi wedi'u difetha nhw."

"Gan bwyll rŵan. Ei di ddim yn bell os na ddysgu di blygu efo'r gwynt, ac mae'r hen Nans yn chwythu'n o hegar yn ddiweddar."

Gwasgarodd Roger y lluniau, gan roi ornaments i bwyso ar y corneli. "Wel, a deud y gwir, dydyn nhw ddim mor ddrwg ag ro'n i wedi'i ofni," meddai. "Os galla i eu cadw'n fflat rŵan ella y byddan nhw'n iawn. Mae'n ddrwg gen i 'mod i wedi'i cholli hi, Dad – y ffordd roedd hi wedi'u taflu nhw o gwmpas oedd o. Doedd hi'm yn gallu gweld eu bod nhw yno am reswm?"

"Fyddai hi ddim wedi meddwl," meddai Clive. "Fedri di ddim disgwyl i Nansis y byd 'ma fod yn rhy glyfar."

"Mae Gwyn i'w weld yn ddigon peniog."

"A ia, wel, dyna'r drwg efo bois ifanc clyfar, ond dydi'r ymennydd ddim yn bob dim, ddim o bell ffordd. Mae'n rhaid bod â'r cefndir hefyd."

"Ai dyna pam mae Margaret wedi mynd mor grand efo Alison?"

"Mae'n gymhleth, cymhleth iawn, iawn – ymm … rŵan, be am y lluniau 'ma sy gen ti? Rown ni nhw ar y bwrdd biliards? Mae'n well na fan hyn, ac allwn ni eu hangori nhw efo'r peli biliards. Dydyn nhw ddim wedi dod allan yn rhy dda, naddo? Be ydi hwn, wythnos wlyb ym Mhort Talbot?"

"Dwed ti wrtha i," meddai Roger. "Mi wna i eu rhoi nhw mewn trefn. Rŵan dyma'r saith llun syml o'r garreg 'na wrth yr afon. Yn y tri cynta fedri di weld llaw Gwyn – roedd o'n eistedd ar ben y garreg. Iawn. Dyma rai wnes i eu chwyddo o ran canol pob llun. Maen nhw i gyd yr un fath. Mae'r lliwiau'n wahanol achos mi wnes i roi *exposures* gwahanol iddyn nhw – ond fedri di weld sut dwi wedi gneud i'r twll fframio'r coed ar y Bryn."

"Gallaf. Da iawn," meddai Clive. "Eitha effeithiol."

"Rŵan yn y ddau lun olaf doedd Gwyn ddim yno. Ond roedd yr hen Hobddyn wedi troi i fyny ac yn mwydro. Fan hyn."

"Da iawn, gwych iawn eto."

"Ydyn nhw?" meddai Roger ym amheus.

Pwysodd Clive dros y lluniau a chraffu'n ofalus, gan gymharu'r ddwy set. "A-ha," meddai. "Ia."

"Be, Dad?"

"Yn y ddau ola mae 'na rywbeth jest o fewn y coed – rhwng y rhai ar y chwith."

"Be ydi o?"

"Ym … methu deud. Dydi o ddim ar y lleill, yn bendant. Wyt ti wedi trio chwyddwydr?"

"Naddo, ond dwi wedi chwyddo'r rhai wnes i eu chwyddo'r tro cynta. Rŵan sbia ar rhain."

Dangosodd Roger saith llun arall i'w dad, wedi'u chwyddo fel bod dim o'r garreg yn y golwg, dim ond y coed ar y Bryn.

"Dyma'r tri efo Gwyn, dyna ddau ar ôl iddo fo adael, a dyna'r ddau pan oedd Hanerob yn gwylio."

"Dim dwywaith amdani rŵan, nagoes?" meddai Clive. "Mae 'na rywbeth ychwanegol yn y ddau olaf."

"Be ydi o?"

Gwisgodd Clive ei sbectol. "Na," meddai. "Amhosib. Os gwnei di o'n fwy falle y gallen ni weld."

"Mi wnes i," meddai Roger. "Dyma dy wythnos wlyb di."

Roedd y lluniau yn batrymau bras o smotiau a llinellau.

"Be aeth o'i le?" meddai Clive.

"Y ffilm a'r papur ydi o," meddai Roger. "Fedri di ddim ond chwyddo'r negatif hyn a hyn, ac wedyn mae'r graen yn dechra dangos, a'r lliw yn gwahanu i fod yn ddu a gwyn, wedyn does gen ti ddim ond darnau o bob un a dim byd rhyngddyn nhw. Os wyt ti'n mynd ati i'w neud o'n fwriadol, mae'n gallu bod yn rhyw fath o lun abstract."

"Wir?" meddai Clive.

"Dwi wedi trio cyfaddawdu," meddai Roger, gan bwyntio at res arall o luniau. "Fan hyn. Dwi wedi mynd â fo cyn belled ag y galla i a'i stopio jest cyn i'r llun chwalu. Be ti'n feddwl? Unwaith eto, mae'r graddliwio'n wahanol am fod y ddau *exposure* yn wahanol."

Edrychai'r coed yn y llun fel coesau matsys wedi llosgi, a rhwng dwy goeden roedd clwstwr o ddafnau llwyd a du.

"Faswn i'n deud mai rhywun ar geffyl ydi o, un ai'n codi polyn, neu'n chwifio'i law."

"Wyt ti wedi gweld unrhyw geffylau ers i ni ddod yma?" meddai Roger. "Mae'r ffermwyr yn defnyddio tractors."

"Mae o 'chydig yn fach, rhaid cyfadde," meddai Clive. "Ond wsti be, mi allai fod yn ferlen. Mae merlota'n boblogaidd iawn y dyddie yma."

"Be sy ar ei ben o?"

"A – dim byd."

"Mae ei wallt o'n hir 'ta," meddai Roger. "Wedi'i hel yn ôl yn y cefn ac i lawr i'w ysgwyddau."

"Un o'r bobl *beatnik* 'na," meddai Clive. "Rhaid i mi ddeud, dwyt ti'm yn gweld llawer o'r rheiny yn y parthau hyn, wyt ti?"

"Edrycha ar y llun nesa," meddai Roger. "Gafodd hwn lai o olau gen i. Dyna pam ei fod o gymaint tywyllach, a'r dafnau wedi cysylltu fymryn mwy efo'i gilydd."

"Mae ei law o i lawr rŵan," meddai Clive, "ond fedri di'm gweld llawer ohono fo, fedri di? Aros funud – mae'r ferlen 'na fymryn yn grwn yn y blaen a'r cefn."

"Efalla'i bod hi wedi gostwng ei phen," meddai Roger.

"Digon gwir. Ond taswn i ddim yn gwbod am y llun arall faswn i wedi deud mai moto-beic oedd o."

"Fyny fan'na?"

"Jest y lle ar gyfer sgramblo, ond dwi'n siŵr y bydden ni wedi clywed mwy am y peth, ti'm yn meddwl? Oedd 'na rywun yn reidio ar y tir?"

"Nagoedd, Dad. Dyna'r peth. Cafodd y lluniau i gyd eu tynnu o fewn pum munud, ac ro'n i'n gwylio'r Bryn. Sut bod y ddau lun yma wedi troi allan fel hyn?"

"Does gen i ddim syniad, oni bai fod Hannermochyn wedi rhoi melltith arnat ti."

"Wyt ti o ddifri, Dad? Allai o?"

"Allai o be?"

"Roi melltith arna i."

"Dal dy ddŵr," chwarddodd Clive. "Dydan ni ddim yn yr Oesoedd Canol. Byddi di'n ei losgi o wrth stanc nesa."

Casglodd Roger a'i dad y lluniau a'u cludo i'r stafell biliards. Roedd y drws ar agor, ond allen nhw ddim mynd i mewn oherwydd bod berfa yn y ffordd. Roedd y ferfa'n dal darnau *pebble-dash* wedi torri ac roedd Gwyn yn sgubo'r darnau olaf gyda brwsh a rhaw.

Arhosodd Roger a'i dad y tu allan. Dywedodd Gwyn ddim byd, dim ond dal ati efo'i sgubo. "Ro'n i wedi anghofio," meddai Roger. "Mae 'na rywbeth i'w ddangos i ti." Safodd y ddau yn y drws.

"Setlwn ni am hynna, 'rhen fachgen," meddai Clive. "Ty'd yn dy flaen."

"Sgubo o'n i," meddai Gwyn. "Dach chi ddim isio'r llanast yma fan hyn, nac'dach?"

"Symuda dy ferfa, wnei di, i ni gael mynd mewn."

"Dyna fo, Mr Bradley," meddai Gwyn, a dal ati i sgubo.

"Y ferfa, 'ngwas i," meddai Clive, "rŵan."

"Ia, syr." Symudodd Gwyn ddarn o blastar i gyfeiriad y rhaw, gan ddal y brwsh efo'r llaw arall, yn agos at y pen. Dilynodd y darn plastar o gwmpas y bwrdd biliards a'i ddal yn erbyn un o'r coesau. Cododd y rhaw, ei chario at y ferfa, a gollwng y plaster i mewn iddi. "Rŵan, munud 'ma, syr."

Gwthiodd Gwyn y ferfa drwy'r drws a'i chloncian i lawr y grisiau i'r llwybr yng nghefn y tŷ.

"Hyfdra cwbl hurt, neu'n hen ddigon agos!" meddai Clive.

"Dim bwys, Dad. Tyrd i weld hwn." Gosododd Roger ei luniau ar y bwrdd biliards. "Be wyt ti'n feddwl o'n murlun ni? O! Dad!"

Roedd yn edrych ar banel pren moel.

"Y crinc sbeitlyd! Mae o wedi'i grafu o i ffwrdd!" Rhedodd Roger at y grisiau. Roedd Gwyn yn gwthio'r ferfa. "Hei! Ti!" Stopiodd Gwyn. "Tyrd yma!" Neidiodd Roger i fyny'r grisiau. "Pam oedd raid i ti chwalu'r llun 'na, y Cymro dwl?"

"Mistar Roger," meddai Gwyn, "rwyt ti'n gofyn am swaden go iawn, wyt, yn bendant, ar f'enaid i."

PENNOD 15

Pan glywodd hi'r gweiddi rhowliodd Alison oddi ar ei gwely a mynd at y ffenest. Llais Roger oedd o. Agorodd dop y ffenest. Ymddangosodd Gwyn o dan y ffenest, yn gwthio berfa i gyfeiriad y stablau.

Roedd yr haul wedi cynhesu'r sil. Pwysodd Alison ei phen yn erbyn y gwydr.

I lawr wrth ymyl y lawnt, roedd y tanc pysgod carreg, hir yn disgleirio lle roedd y llif yn torri drwy'r rhedyn, a gwelodd ei hadlewyrchiad ynghanol y cylchoedd aur roedd yr haul wedi'u ffurfio ar y dŵr. Roedd y disgleirdeb yn chwalu adlewyrchiad y tŷ, fel mai'r unig beth a welai oedd ei hwyneb.

Dwi fyny fan hyn, a lawr fan'na 'run pryd, meddyliodd Alison. Pa un ydi fi? Ai'r fi go iawn sy lawr fan'na ac adlewyrchiad ohona i sy yn y ffenest?

Daeth Gwyn yn ei ôl o'r stablau. Cerddai gyda'i ysgwyddau'n grwm, a rhoddai gic i bob carreg. Eisteddodd ar erchwyn y tanc, drws nesa i Alison yn y dŵr; roedd fel petai'n ei gwylio.

Rŵan ydw i fan hyn, a ti fan'na? Neu ydan ni efo'n gilydd? Os mai fi ydi'r adlewyrchiad fan hyn, ddylen ni fedru siarad efo'n gilydd. "Helô, Gwyn."

Ddywedodd Gwyn ddim byd. Estynodd allan i gyffwrdd

ei gwallt, ac roedd hi'n aur ac yn wyn dros wyneb y dŵr, ac roedd Alison yn ôl yn y ffenest a'r ffrâm fetel yn brifo'i boch. Ac edrychodd Gwyn i fyny.

Doedd o ddim wedi disgwyl ei gweld hi. Roedd o wedi bod yn brwydro gyda'i ddicter yr holl ffordd i'r domen sbwriel ac yn ôl. Roedd y dŵr yn llonydd, a cheisiodd lithro'i law i mewn i'r llonyddwch heb dorri'r golau clir, ond ffrydiodd cylchoedd o'i fysedd. Edrychodd i fyny.

Roedd Alison yn y ffenest. Wnaeth hi ddim symud. Roedd y llonyddwch roedd o wedi ceisio mynd i mewn iddo bellach yn ei amgylchynu, ac eisteddodd Gwyn, a gwylio. Ond canodd y gloch ginio, a brysiodd Alison i lawr y grisiau, ac aeth Gwyn i arllwys dŵr y tatws a'u rhoi yn eu desgil yn yr hatsh gweini.

"Be wyt ti wedi bod yn neud?" meddai Nansi ar ôl y cwrs cyntaf. "Mae o'n deud nad wyt ti i weini arnyn nhw heddiw."

"Mi wnes i gynnig rhoi pelten i'w fab o gynnau," meddai Gwyn.

"Pam?"

"Am fod yn bersonol."

"Wnest ti roi pelten iddo fo?"

"Naddo. Wnaeth Dadi'n gwahanu ni."

"Bechod," meddai Nansi, a chario'r caws drwadd i'r stafell fwyta.

Gwgodd Gwyn ar ôl ei fam. Bechod? Wedyn cliriodd y llestri budron o'r hatsh a'u pentyrru wrth y sinc. Gwnaeth y syniad i'w ddwylo grynu. Roedd 'na amser, ond byddai'n rhaid iddo fod yn gyflym, ac yn dawel.

Pum bocs. Fyddai neb yn gweld colli dau o bob un.

Aeth i'r lolfa yn gyntaf. Un bocs. Agorodd o, ac roedd o'n llawn – o leia cant o sigaréts. Cymerodd ddeg yn syth, ond roedd hynny'n ormod, a gosododd nhw'n ôl nes bod y bocs yn edrych yn llawn eto. Roedd ganddo un sigarét ar ôl yn ei law.

Aeth Gwyn i'r parlwr a dod o hyd i ddau focs, ond roedd y cyntaf iddo'i agor bron yn wag a feiddiai o ddim cymryd yr un ohono. Cafodd dri o'r ail focs.

Mwy, mwy … ond doedd dim mwy o focsys, ac roedd cyllyll yn clincian yn yr hatsh. Rhedodd i'r gegin a dechrau golchi llestri wrth i'w fam ddod â'r cyllyll a'r ffyrc i mewn. Aeth hi â'r coffi i'r stafell fwyta.

Munudau. Sychodd Gwyn ei ddwylo, gan geisio gwneud rhestr o gynnwys y tŷ yn ei ben, ond ni welai focsys. Roedd wyth sigarét cyn waethed â dim un.

Aeth Gwyn yn ôl i'r lolfa a chwilio y tu ôl i'r clustogau ar y cadeiriau, a dod o hyd i ddim. Roedd ganddo amser ar gyfer un ymgais arall. Camodd i mewn i'r stafell gotiau, a rhoi ei law ym mhoced siaced bysgota Clive.

Dyma pryd mae'r golau wastad yn dod ymlaen, meddyliodd Gwyn, ond ddigwyddodd dim byd, a chydiodd ei fysedd mewn bocs metal fflat.

'Nôl yn y gegin rhoddodd Gwyn y deg sigarét mewn drôr. Roedd un wedi plygu ond doedd ganddo ddim amser i'w sythu. Agorodd ddrws y gegin i'r cyntedd tu allan, tynnodd y caeadau oddi ar y biniau sbwriel, a dechrau chwilota drwy'r cynnwys.

Wedyn gorffennodd Gwyn olchi'r llestri. Daeth i lawr o'i

lofft chwarter awr yn ddiweddarach. Roedd Nansi wrth y stof, yn yfed gweddill y coffi.

"Ble wyt ti wedi bod, fachgien? Roeddet ti'n clocsio'n o arw o gwmpas y lle."

"Fyny staer, Mam." Tynnodd Gwyn gadair at y stof. "Mam," meddai, "mae'n ddrwg gen i am neithiwr. Roedd hynna'n hen dric sâl efo'ch pwrs chi. Dwi wedi prynu anrheg i chi, ylwch." Estynodd becyn o sigaréts iddi. "Ro'n i'n methu cael eich rhai arferol chi. Neith rhein y tro?"

Cymerodd Nansi'r pecyn. Oni bai y byddai'n sylwi ar staeniau gwlyb y dail te yn y bin sbwriel; os oedd o wedi llwyddo i blygu'r papur arian yn dynn; os nad y sigarét a oedd wedi plygu fyddai'r cyntaf iddi ei ddewis—

"Mm," meddai Nansi. "Iawn, fachgien." Plygodd sbilsen o bapur newydd a'i thanio o'r stof. "Mm, neith y tro. Ble gest ti'r pres?"

"Dwi wedi bod yn cynilo 'chydig," meddai Gwyn.

"Ro'n i'n wedi amau ddoe dy fod ti'n eu palu nhw," meddai Nansi.

"Mam, taswn i wedi rhoi pelten i Roger, be fyddai wedi digwydd? Fydden ni wedi cael y sac?"

"Dibynnu pa mor galed, tydy?"

"Fyddai ddim bwys gynnoch chi taswn i'n rhoi pelten iddo fo?"

"Fo? Ha! 'O,' meddai o. 'Ble mae'n lluniau i?' meddai o. 'Pwy sy wedi'u symud nhw oddi ar y bwrdd? Sgen ti ddim hawl,' meddai o. 'Paid ti â chyffwrdd dim byd heb ganiatâd,' meddai o. Ac wedyn roedd 'na farciau sticlyd ar y bwrdd ro'n i newydd ei bolisho. Ac wedyn mae o'n dod mewn a meddwl ei fod o'n gallu chwifio'i bapurau punt o gwmpas y lle."

"Pwy?"

"Fo. *Lord Muck*."

"Mr Bradley?"

"'Mr Bradley'! Pan dwi'n meddwl am y byddigions dwi wedi'u gweld yn y stafell fwyta 'na! Dydi o ddim hyd yn oed yn fonheddwr!"

"Sut dach chi'n gwbod?" meddai Gwyn.

"Mae 'na ffordd o'u dal nhw," meddai Nansi. "A phan oedd o'n chwifio'i bres o gwmpas y lle, wnes i feddwl, iawn; wnes i feddwl, tase 'na degwch yn y Nefoedd mi fyddai 'na bobl eraill efo llyfrau siec. Mi wna i osod cyllell a fforc, meddyliais i, a gawn ni weld sut fyddi di'n trin peren, 'ngwas i."

"Peren, Mam?"

"Mae'n cymryd bonheddwr i fwyta peren yn iawn," meddai Nansi. "Roedd hi ar y llawr gynno fo o fewn dim – o, wnes i neud iddo fo edrych yn gymaint o ffŵl!" Tagodd Nansi ar ei sigarét.

"Be ddigwyddodd wedyn?"

"Mi wnaeth yr Alison 'na achub ei groen o. Mi gododd hi ei pheren hi a'i fwyta yn ei llaw, ond roedd hi'n gwbod. Mae hi'n un am dwyllo, honna."

Tynnodd Nansi ar ei sigarét, a chulhaodd ei llygaid. Ddywedodd Gwyn yr un gair. Pan fyddai ei fam yn gwneud hyn roedd hi'n byw yn ei hatgofion: dyma oedd ei hedrychiad pelydr X. "Ia," meddai hi. "Tasen ni gyd â'n hawliau fyddai 'na bobl eraill efo llyfrau siec. Roedd fy Bertram i yn gallu bwyta peren yn ddel tu hwnt."

Daliodd Gwyn ei anadl a cheisio peidio â symud, ond roedd ei fam yn dal i ganolbwyntio ar rywbeth oedd chwe troedfedd drwy'r stof a'r wal y tu ôl iddi.

"Ia, Mam?"

"Be, fachgien?"

"O – ddrwg gen i, Mam."

"Wyt ti wedi gneud y joban 'na eto?" meddai Nansi.

"Pa joban?"

"Yr hatsh i'r garat."

"Do, Mam, ar ôl brecwast, yr eiliad gododd Alison."

"Dangos i mi," meddai Nansi.

Aethon nhw i fyny'r grisiau at lofft Alison, cnocio, a cherdded i mewn.

"Dwi wedi gneud joban dda ohoni – sbia, Mam," meddai Gwyn. "Sgriwiau pres. Ydi hynna'n iawn rŵan?"

"Ydi, joban dda." Eisteddodd Nansi ar y gwely a rhoi ei phen ar y rheilen. "Sgriwiau pres i eirch," meddai.

"Ia, Mam."

"Dwyt ti ddim yn gwbod, fachgien. Roedd y platiau 'na ar gyfer fy nghist priodas i. Nid 'mod i angen 'run gist briodas, ond mi ddeudodd o, 'gei di nhw ar gyfer dy gist priodas,' medde fo, 'a gad iddyn nhw feddwl be fynnan nhw.' Doedd Bertram fi ddim yn poeni rhyw lawer." Ceisiodd Nansi glician ei bysedd. "Fydden ni'n priodi, medde fo. Doedd dim bwys gynno fo. 'Stwffio nhw i gyd,' meddai o. 'Os nad ydyn nhw'n ei licio fo maen nhw'n gwbod be gawn nhw neud.' Ond doedd o ddim yn gwbod be allen nhw ei neud, fachgien."

"Be, Mam?"

"Tase 'na degwch yn y Nefoedd," meddai Nansi, "fi fyddai'n eistedd wrth y bwrdd 'na heddiw yn cwyno bod y tatws yn oer, nid y nhw. Ond doedd o ddim yn gwbod be allen nhw ei neud."

"Be, Mam?"

"Y lembo cenfigennus 'na tu allan," meddai Nansi. "Y ffŵl hurt. O, damwain oedd hi, wrth gwrs. Medden nhw." Aeth hi at y ffenest a thaflu ei sigarét drwy'r ffenest. "Ond does 'na'm digon o bapurau punt yn Llundain i 'nhalu i am golli fy Mr Bertram, jest â finna wedi'i fachu o, yn gyrn, croen a charnau."

Pennod 16

Roedd Roger yn gosod ei dreipod ar y lan eto. Eisteddai Alison yng nghysgod Llech Ronw ynghanol yr erwain. Safai Clive yn yr afon.

"Rwyt ti'n anghywir," meddai Alison. "Fyddai Gwyn byth yn ei neud o. Dwi'n gwbod fod gynno fo dymer, ond fyddai o ddim yn mynd ati i ddifetha'r darlun 'na o ran sbeit."

"Ti'n meddwl? Dwyt ti ddim wedi'i weld o pan mae o'n filain," meddai Roger. "Mi fyddai'n gneud unrhyw beth. Allwn i ddeud wrthat—"

'Paid â thrafferthu," meddai Alison. "Wyt ti wir yn mynd i glician y peth yna drwy'r dydd? Dwi isio mynd i fyny'r mynydd."

"Does gen ti ddim diddordeb yn fy lluniau i, felly pam wyt ti'n poeni?"

"Mae'n chwilboeth fan hyn, ac mae'r blodau 'ma'n mynd i neud i mi disian os arhosa i. Mi fydd 'na awel ar y copa."

"Os na fyddi di'n toddi ar y ffordd i fyny."

"Rhowch y gorau i'r cecru 'na chi'ch dau," meddai Clive. "Dim rhyfedd nad ydw i'n dal dim."

"Dwi jest isio mynd i fyny'r mynydd, Clive," meddai Alison, "ac mae Roger jest isio gwastraffu'i ffilm."

"Ti'n gwbod be maen nhw'n ddeud – pawb at y peth y bo ..."

"Dwi isio mynd i fyny'r ffordd fawn," meddai Alison. "Fedri di ddim gweld llawer ohoni o fan hyn, ond dyna'r llinell debyg i neidr sydd ar ochr y mynydd. Roedden nhw'n arfer torri mawn ar y top a dod ag o lawr ar slediau."

"Oedden nhw wir?" meddai Clive.

"Oedden. Efo ceffylau. Byddai'n cymryd pedwar diwrnod bob blwyddyn."

"Sut gwyddost ti?" meddai Roger.

"Nid dyma'r tro cynta i mi ddod yma, yn wahanol i ti," meddai Alison. "Dwi wedi bod yn dod yma ar hyd fy mywyd."

"Felly mi fedri di ddod o hyd i'r ffordd fawn hynod ddiddorol 'ma dy hun, yn gelli?"

"O, nefoedd yr adar!" meddai Clive. "Edrycha, Ali, os wyt ti isio mynd, cer, ond cofia aros ar y ffordd 'ma ti'n sôn amdani, iawn? Mae'r mynydd yn gallu bod yn hen lwynog."

"Ddoi di efo fi, Clive?"

"Nid ar ôl bwyta tatws Nansi, diolch. A dwi'n gwbod nad ydy'r pysgod o gwmpas fan hyn, ond dwi'n amau a ydyn nhw wedi codi i'r bryniau eto."

Aeth Alison ar hyd glan yr afon at lwybr oedd yn arwain i fyny'r mynydd o'r rhyd. Dilynai'r llwybr nant fechan rhwng gwrychoedd i feudy carreg a chafn golchi defaid, wedyn cododd uwch ben y nant, ac roedd Alison ar ben y mynydd. Roedd y caeau oddi tani, ac roedd hi ynghanol rhedyn a meini o gerrig gwynion a pherthi drain yn eu blodau.

Bellach, y ffordd fawn oedd y llwybr, yn graith ddofn ar y mynydd, a dringodd Alison y tro roedd hi wedi'i weld o'r afon. Doedd Roger a Clive yn ddim mwy na smotiau o liw yn barod, ac o fewn dim roedd hi wedi dringo heibio'r ysgwydd fel bod y tŷ ddim i'w weld.

Gorffwysodd Alison ar graig o lechen. Dringai'r ffordd fawn i fyny craith gafodd ei chreu gan y nant yn ochr y mynydd, ond a oedd yn arwain i ffwrdd o'r dŵr. Roedd hi'n boeth iawn.

Rŵan bod y tŷ o'r golwg doedd dim i ddangos iddi lle roedd hi, a chyffyrddodd ei hofn ynddi.

Penwaig cochion oer.

Mae'n gweithio! Penwaig cochion oer, oer, oer! Eto, does dim yn newid yma. Creigiau a rhedyn. Gallai fod fil o flynyddoedd yn ôl. Penwaig cochion oer.

Ystyriodd Alison droi yn ei hôl. Paid â bod yn wirion. Dim ond y darn yma ydi o. Yn uwch i fyny fydda i'n gallu gweld y cwm i gyd. Ac mae'r defaid yn iawn, gyda marciau o baent ar eu cnu. Mae hynna'n fodern.

Ydi o?

Ydi o?

Edrychodd Alison ar y clogwyni uwch ei phen, pob un gyda chraith o lechi mân wedi'u malu gan farrug yn hollti'r llethrau. Symudodd rhywbeth – rhywbeth tywyll – nid dafad.

Sgrechiodd Alison, ond chwalodd cerrig yn swnllyd ar draws ei llwybr ac roedd ffigwr o'i blaen, yn sefyll rhyngddi a'r haul.

"Mae'n iawn, hogan."

"O, Gwyn!"

Roedd o'n anadlu'n drwm. "Be sy? Disgwyl bwa a saeth a dwy gôt o baent glas dros fy wyneb i, oeddet ti?"

"O'n, bron iawn," chwarddodd Alison. "Dwi mor dwp!"

"Ti'n deud wrtha i. R'argol, ti'n gallu dringo'n gyflym."

"Sut oeddet ti'n gwbod 'mod i yma?"

"Ro'n i'n gwrando ar dy lith di gynnau. Y cwbl oedd raid i mi ei neud oedd cyrraedd yr afon, rasio yn d'erbyn di ar hyd y nant, wedyn cuddio fan hyn o dy flaen di, dyna i gyd." Cydiodd Gwyn mewn darn hir o fwsogl a'i wasgu dros ei dalcen. "Dwi'n ei neud o bob bore cyn brecwast, a ddwywaith ar ddydd Sul."

"Gwyn, rhaid i ni beidio."

"Beidio be?"

"Siarad fel hyn."

"Fel be?"

"Ddylen ni ddim siarad o gwbl."

Stwffiodd Gwyn y mwsogl rhwng ei ddannedd, a gwneud llygaid croes.

"Gwyn, paid â chwarae'n wirion. O, ti'n gwbod na ddylen ni weld ein gilydd."

"Pam ddim? Wyt ti mewn cwarantîn rhag y frech wen, wyt ti?"

"Ti'n gwbod bod Mami wedi deud na ddylwn i siarad efo ti."

Syllodd Gwyn ar y creigiau, a'u dilyn yn araf at y llethr nesaf, ac i lawr i'r cwm, i'r mynydd ar ochr arall y cwm, ac yn syth i fyny i'r awyr.

"Wela i mo'ni," meddai.

"Gwyn," meddai Alison, "dwi'n mynd adre."

"Iawn," meddai Gwyn, "ddo i efo ti."

"Na!"

"Pam ddim?"

"Paid, plis! Be wyt ti isio?"

"Dwi isio i ti fod yn ti dy hun, am unwaith," meddai Gwyn. "Dyna be dwi isio. Gad i ni ddringo'r mynydd metamorffaidd Cymreig 'ma."

"Bydd Mami mor flin os daw hi i wbod, ac mae'n gas gen i ei hypsetio hi."

"Dyna'r dasg o un pen y flwyddyn i'r llall yn dy deulu di," meddai Gwyn. "Peidio ag ypsetio Mami."

"Paid â siarad fel'na."

"Dwyt ti'n cael fawr o hwyl arni chwaith, wyt ti? Roedd Mami wedi ypsetio ddoe, ac roedd Mami wedi ypsetio echdoe, a bydd Mami wedi ypsetio heddiw, garantîd i ti. Sgwn i pa bleserau ddaw fory? Ac mae dy lystad mewn trwbwl efo fy mam i, tydi? Geith o drafferth fan'na. Mae hi fel haearn Sbaen."

"Pam wyt ti mor gas am bobl?" meddai Alison.

"Am Mam, ti'n feddwl? Mae hi'n fy nghasáu i."

"Tydi hi ddim!"

"Be wyddost ti?" meddai Gwyn. "Be wyt ti isio'i neud ar ôl gadael ysgol, Alison?"

"Mae Mami am i mi fynd dramor am flwyddyn."

"Ond be wyt ti isio'i neud?"

"Dwi'm wedi meddwl. Mae'n siŵr a' i dramor."

"Be wedyn? Eistedd adre yn gosod blodau i Mami?"

"Siŵr o fod."

"A Roger?"

"Ymuno efo Clive yn ei fusnes o, am wn i."

"Does 'na dân ynoch chi, fel dau filgi yn ysu i gael eich gollwng."

"Be sy o'i le efo hynna?"

"Dim. Dim byd. Gweld dim bai arnat ti, hogan."

"Be wyt ti'n mynd i neud sy mor anhygoel 'ta?"

Roedd Gwyn yn dawel.

"Gwyn?"

"Be?"

"Dwi ddim yn chwerthin am dy ben di."

"Yn Aber," meddai Gwyn, "maen nhw am i mi ddal ati."

"Efo be?"

"Efo ysgol."

"Alla i dy weld di mewn rhyw dri deg mlynedd," meddai Alison. "Byddi di'n ddarlithydd Cymraeg!"

"Ddim fi. Rhaid i mi adael y lle 'ma. Does 'na ddim byd yma ond defaid."

"Ro'n i'n meddwl ei fod o'n golygu cryn dipyn i ti," meddai Alison.

"Mae o, ond fedri di ddim byw ar deimlad."

"Be wnei di?"

"Ar hyn o bryd, y peth tebyca ydi y bydda i tu ôl i gownter siop mewn mis neu ddau."

"O na!"

"O ia."

"Pam?"

"Mae Mam yn meddwl ei fod o'n syniad da."

"Ond mae'n rhaid ei bod hi wedi slafio i dy gael di drwy'r ysgol," meddai Alison. "Pam taflu'r cwbl i ffwrdd?"

"Mae Mam yn uchelgeisiol," meddai Gwyn, "ond dydi ei gorwel hi ddim uwch na rhyw dair modfedd. Cyn belled â 'mod i'n gadael y tŷ mewn siwt bob bore, mi fydd hi'n hapus. Mae'r bechgyn eraill yn ein stryd ni'n gwisgo oferôls."

"O, y ddynes wirion!"

"A phwy sy'n bod yn gas rŵan 'ta?"

Dringodd y ddau am sbel heb siarad.

"Wyddwn i ddim y gallai rhywbeth fel'na ddigwydd," meddai Alison. "Mae pob dim wedi bod mor hawdd i mi—"

"Wel, paid â dechra teimlo'n euog ar gownt y peth," meddai Gwyn. "Nid dy fai di ydi o."

"Be wnei di os neith hi dy orfodi di i adael?"

"Mae gen i 'nghynlluniau," meddai Gwyn.

Roedden nhw ar gopa'r mynydd. O'u blaenau ymestynnai gwastadedd wedi'i hollti gan liwiau – coch, du, glas, brown a gwyrdd yn tonni yn y gwres. Anelodd Gwyn ac Alison at garnedd ar fryncyn, yr unig beth oedd yn torri ar lyfnder yr olygfa. Roedd hi'n bellach na'i golwg.

"Tasai hi'n ddiwrnod clir," meddai Alison, "pa mor bell allen ni weld?"

"Does gen i ddim clem," meddai Gwyn, "ond y garnedd yma ydi ffin y sir."

"Mae'r cwm wedi diflannu," meddai Alison.

"Y gwastadedd ydi o. Dyna sy'n ei neud o. Mae o'r un uchder ar y ddwy ochr, felly fedri di ddim deud be sy'n gwm a be sy'n bant yn y gwair nes wyt ti yno."

Eisteddodd y ddau gyda'u cefnau yn erbyn y garnedd. O'u blaenau, wrth droed y bryncyn, roedd pwll o ddŵr tywyll mewn gwely mawn.

"Pan oeddet ti wrth y tanc cyn cinio," meddai Alison, "oeddet ti'n gallu 'ngweld i yn y dŵr?"

"Nag o'n."

"O ble ro'n i'n eistedd roedd o fel tasen ni drws nesa i'n gilydd, fel rydan ni rŵan, ac roeddet ti'n fy ngwylio i."

"Do'n i ddim yn meddwl dy fod ti ar fy nghyfyl i nes i mi dy weld di yn y ffenest."

"Roist ti dy law yn y dŵr a chyffwrdd fy ngwallt i, ac wedyn gwnaeth y tonnau mân ei dorri o i fyny."

"Pwy feddyliai," meddai Gwyn. "Ia, pwy feddyliai! Alison, pa mor bell fyset ti'n ddeud ydi hi o'r tanc i'r ffenest?"

"Tua deg llath. Pam?"

"Yn bellach na mae'r pant mawn yma o'r garnedd, beth bynnag," meddai Gwyn, "a fawr uwch. Cwyd ar dy draed."

Cododd Alison ar ei thraed.

"Fedri di weld dy hun?"

"Na fedra."

"Fedri di 'ngweld i?"

"Na."

"Dwed wrtha i pan fedri di." Cerddodd Gwyn i lawr at y dŵr. Roedd o wrth ochr y pwll ac yn plygu yn ei flaen pan waeddodd Alison.

"Sut mae o'n cymharu efo dy adlewyrchiad di bore 'ma?" meddai Gwyn.

"Tua'r un maint."

"Yr un maint?"

"Ia. Ddeudes i ei fod o'n edrych fel tasen ni drws nesa i'n gilydd."

"Wedi gneud 'chydig o Ffiseg, do?"

"'Chydig."

"Felly byddi di'n gwbod, yn byddi? 'Mae adlewyrchiad

gwrthrych o flaen drych yn ymddangos fel ei fod yr un pellter y tu ôl i'r drych ac y mae o'i flaen.'"

"Wel?"

"Felly taset ti'n gallu gweld dy hun yn y tanc pysgod byddet ti'n edrych fel petaet ti ugain llath i ffwrdd – ddwywaith cyn belled ag oeddet ti mewn gwirionedd."

"Wel?"

"Felly fyddet ti ddim yn edrych mor fawr i mi. Felly roedd yr onglau'n anghywir, beth bynnag, i ti fedru gweld dy adlewyrchiad di. Felly nid dy adlewyrchiad di oedd o. Doedd y peth ddim yn bosib, oni bai dy fod ti'n sefyll ar ochr y tanc."

"Roedd y dŵr yn disgleirio," meddai Alison, "ond ro'n i'n gallu deud mai fi oedd hi – lliw fy ngwallt, a 'ngwyneb a – wel, fi oedd hi a dyna fo."

"Mi welaist ti ferch efo gwallt melyn," meddai Gwyn. "Roedd ei gwallt hi'n dod yn syth i lawr bob ochr o'i hwyneb ac roedd ganddi groen golau. Dyna'r cwbl fedri di fod yn siŵr ohono fo."

"Rwyt ti'n fy nrysu i," meddai Alison. "Ro'n i'n trio deud wrthat ti am deimlo'n hapus, ac wedyn rwyt ti'n ei gneud hi'n hen stori gyffredin efo dy onglau a dy ddrychau."

"Cyffredin? Fedri di ddim bod mor dwp â hynna! Deffra! Welaist ti'r ddynes yn y llun! Welaist ti Blodeuwedd!"

"Na, na, na, na, na, na, na, na!" Trodd Alison ei hwyneb at gerrig y garnedd. "Paid â siarad fel'na. Mae'n rhaid mai fy adlewyrchiad i oedd o yn y gwydr – yn y ffenest. Helpa fi, Gwyn."

"Dwi isio dy helpu di, ond dwyt ti ddim yn gadael i

mi," meddai Gwyn. "Neith y peth 'ma byth fynd os gwnei di gau dy lygaid, Alison. Ty'd yn dy flaen ac mi wna i ddangos i ti."

Cychwynnodd Gwyn dros y gwastadedd. Daliodd Alison i afael yn y garnedd fel pe bai'n fwi i'w hachub o'r môr, ond wrth i Gwyn fynd yn bellach i ffwrdd a thoddi i mewn i des yr haul, rhuthrodd ar ei ôl drwy'r gors.

"Da'r hogan."

"Nid pŵdl mohona i."

"Dyna welliant," meddai Gwyn.

Chwarddodd y ddau.

"Wnest ti grafu'r llun oddi ar y wal?" meddai Alison.

"Wnest ti grafu'r patrwm i ffwrdd o'r platiau?"

Roedd y dŵr y tu ôl iddyn nhw, a gorweddai gwair sych o'u blaenau fel blodau ar y mynydd.

"Mae o mor fawr," meddai Alison. "Dydy'r holl bethau sy'n ymddangos yn bwysig yn cyfri dim i fyny fan hyn. Mae o mor fawr."

"Cofia hynna, 'ta," meddai Gwyn.

"Mynyddoedd a phenwaig cochion oer?"

Chwarddodd Gwyn ac Alison eto.

"Mae dy lysfrawd di'n rêl dyn bonheddig," meddai Gwyn.

"Dim ond ffordd Roger ydi o," meddai Alison, "ac mae o'n teimlo'n ofnadwy am y peth wedyn. Mae o wedi cael amser eitha anodd. Mi wnaeth ei fam o adael, ti'n gwbod, ac mae Mami'n deud bod yr hanes yn y papurau i gyd. Mae Mam yn ei galw hi'n 'The Birmingham Belle'."

"Dynes glên, dy fam," meddai Gwyn. "A sut mae Roger yn cymryd hynna?"

"Fydd hi byth yn ei ddeud o o flaen Roger – nid yn fwriadol. Roedd o'n hoff iawn o'i fam."

"Ydi, mae o'n groendenau," meddai Gwyn. "Argol, mi faswn i wrth fy modd tasai f'un i'n cymryd y goes."

"Pam wyt ti mor hawdd dy bechu?" meddai Alison.

"Fi?" meddai Gwyn. "Mae'r tri ohonon ni'n hwyaid cloffion, hyd y gwela i. Mae 'nghoesau i'n torri'n hawdd, dyna i gyd." Dechreuodd hercian fel hwyaden gloff.

"Gwyn, ti'n amhosib!"

"Cwac," meddai Gwyn.

"Ble 'dan ni'n mynd? Fiw i mi fod yn hwyr."

"Dydi dy synnwyr cyfeiriad di'n fawr o gop, hogan. 'Dan ni'n anelu am y cwm, ond yn bellach 'mlaen na'r ffordd fawn. Fedri di weld y cwm yn agor allan rŵan, yn gelli? Anela am y graig 'na'n syth o dy flaen di."

"Pam? Be ydi o?"

"Tap Nyth yr Eryr. Gei di weld."

Disgynnodd y gwastadedd at y graig, ac yna —

"Gosh!" meddai Alison.

Roedd Tap Nyth yr Eryr yn gasgliad o lechi hirion unionsyth yn ymwthio bedair neu bum troedfedd o ochr y cwm, ac yn edrych fel platfform wrth i Gwyn ac Alison nesáu ato. Ac oddi tano, syrthiai'r mynydd gwyrdd yn serth i lawr i'r afon bymtheg can troedfedd islaw.

"Am wych!"

"'Rioed wedi bod o'r blaen?"

"'Rioed!"

"Ddim yn ddrwg, nac'di?"

"Sut mae'r gwair yn llwyddo i dyfu?" meddai Alison.

"Y defaid ydi'r broblem," meddai Gwyn. "Mae Mostyn Lewis-Jones yn eu bridio efo coesau ôl byrion ar y chwith, a Gareth Pugh yn bridio rhai coesau byr ar y dde. Dacw'r ffens derfyn rhwng y ddwy fferm, yli, reit i lawr y mynydd. Mae defaid Mostyn yn pori o'r dde i'r chwith, a defaid Gareth o'r chwith i'r dde ar draws y llethrau. Pan maen nhw'n cyrraedd y ffens maen nhw'n gorfod cerdded am yn ôl a dechra eto."

"Dydi o ddim yn greulon i'r defaid?" meddai Alison.

"Pam?"

"Pan maen nhw ar dir gwastad."

"Nacydi. Mae gynnyn nhw stilts arbennig ar gyfer y coesau byrion," meddai Gwyn, "o'r enw cadw-mi'n-wastad. Mae'n hen grefft Gymreig. Roedden nhw'n arfer eu cerfio nhw yn ystod nosweithiau hirion y gaeaf, ond erbyn heddiw mae'r rhan fwya wedi'u gneud o wydr tân."

"Gosh," meddai Alison.

"Mae 'na lawer iawn mwy i ffermio na mae pobl yn sylweddoli," meddai Gwyn.

"Oes," meddai Alison. "Gwyn! Be sy?"

Roedd Gwyn wedi suddo i'w bengliniau. Syrthiodd yn ei flaen gyda'i ben a'i freichiau yn hongian i lawr Tap Nyth yr Eryr a'i draed yn cicio'r glaswellt.

"Wyt ti'n sal?"

Roedd wyneb Gwyn yn goch ac roedd yn ysgwyd i gyd. "Mae'n hen grefft Gymreig!" ebychodd. "O'r enw – o'r enw 'tynnu coes y Sais'!"

"Be? O!" Waldiodd Alison Gwyn ar ei ysgwyddau. "O! Ac ro'n i'n dy gredu di! Yr – yr – o, Gwyn!"

Gorweddodd y ddau dros ochr Tap Nyth yr Eryr a chwalu'r defaid ar hyd y mynydd gyda'u chwerthin.

"Paid ti â meiddio deud wrth neb!" meddai Alison. "Fyddwn i byth yn maddau i ti! O, stilts!" A chwympodd ar ei hyd eto.

Rhowliodd Gwyn drosodd ac eistedd ar ochr y garreg. "Paid ti â phoeni. Agora i mo 'ngheg. Ond iechyd, roedd honna'n un dda!"

Cododd Alison ar ei heistedd.

"Tasai unrhyw un arall wedi'i neud o faswn i isio marw," meddai. "Tasai o wedi digwydd mewn parti ... ro'n i wir yn dy gredu di! Ddeudi di ddim?"

"Na. Byddai hynny'n ei ddifetha fo."

"Gosh, dyna'r peth mwya digri ers oesoedd."

"Ti'n ferch ryfedd," meddai Gwyn. "Un munud rwyt ti wedi dy fferru gan ofn, y munud nesa dwyt ti'n poeni'r un iot. Mae'n siŵr ei fod o fel y ddannodd. Pan mae'n stopio dydi o ddim yn dy boeni di tan y tro nesa."

"Dydi o ddim ond ... y tylluanod," meddai Alison. "Maen nhw'n fy nychryn i."

"Ty'd yma'r lodes ryfedd," meddai Gwyn, "a gwranda. Rydan ni wedi cael coblyn o hwyl, ac rydan ni ar ben y mynyddoedd, ac mae'n ddiwrnod braf, a does 'na ddim byd i'w ofni. Ond mae'n rhaid i ti wrando, achos bydd raid i ni fynd yn ôl cyn bo hir."

"Alla i weld pam bod y cymoedd 'ma'n gneud cronfeydd dŵr da," meddai Alison. "Y cwbl sydd angen ei neud ydi rhoi argae ar draws y darn gwaelod."

"Sylw fymryn yn brin o dact," meddai Gwyn, "ond rwyt ti'n llygad dy le."

"Ond mae'n syniad," meddai Alison. "Byddai'r llinell fach denau o arian lawr fan'na yn llenwi'r cwm i gyd ymhen amser, a bydden ni'n eistedd ar lan llyn fan hyn. Roedd Clive yn anghywir! Byddai fan hyn yn lle gwych i bysgota – gwell na'i hen byllau o, beth bynnag."

"Wyt ti wedi sylwi dy fod ti'n gallu clywed yr afon, er ei bod hi mor bell i ffwrdd?" meddai Gwyn. "A'r moto-beic yn dringo i fyny'r bwlch? Mae sain yn codi. Gwranda ar yr afon 'na – dyna be sy'n para. Ble bynnag yr ei di fedri di feddwl am y swn yna, a byddi di'n gwbod bod yr hyn rwyt ti'n ei glywed yn dy ben yn y cwm yr un pryd. Dydi o byth yn stopio. Dydi o 'rioed wedi stopio ers iddo fo ddechra. Dyna oedd y swn olaf glywodd Lleu Llaw Gyffes cyn iddo fo gael ei ladd. Mi glywodd Gronw o, yn ei dro. Rydan ni'n ei glywed o rŵan."

"Gwyn—"

"Ssh. Paid â bod ofn. Gwranda."

PENNOD 17

"Beth petai," meddai Gwyn. "Beth petai rhywun, rhywsut, amser maith yn ôl, gannoedd ar gannoedd o flynyddoedd, wedi gneud rhywbeth yn y cwm yma? Beth petai o wedi dod o hyd i ffordd i reoli rhyw bŵer neu rym, ac wedi'i ddefnyddio i neud merch o flodau? Ac efallai fod pethe wedi mynd o chwith – yn draed moch – dwn i ddim. Aeth pethe'n draed moch oherwydd nad oedd o'n niwtral bellach. Roedd 'na ymennydd y tu ôl iddo fo. Wyt ti'n fy nilyn i? Niwtral fel batri, dwi'n feddwl. Mi fedri di ei ddefnyddio fo i chwythu bom neu i ffrio wy ... mae'n dibynnu arnat ti."

"Be ydi'r pŵer?"

"Fedra i ddim egluro," meddai Gwyn. "Welais i sbrigyn o ddanadl poethion yn tyfu mewn hen garej yn Aber. Rhywbeth bach gwelw oedd o. Roedd o wedi hollti'r llawr concrit."

"Sgwn i sut oedd o'n teimlo pan welodd o be roedd o wedi'i neud?" meddai Alison. "Byddai'n ddigon i'w yrru o'n wallgof. Ond pam na ddaeth y peth i ben oesoedd yn ôl?"

"Dwi ddim yn meddwl ei fod o'n gallu dod i ben," meddai Gwyn. "Dwi'n meddwl bod y cwm 'ma yn fath o gronfa. Y tŷ – sbia – slap bang yn y canol, efo'r mynyddoedd o'i amgylch, yn ei gau i mewn, yn gwarchod y tŷ. Dwi'n meddwl bod y grym wastad yno ac y bydd o yno am byth. Mae'n cryfhau ac yn cryfhau nes bod raid iddo gael ei ollwng yn rhydd – fel llenwi a gwagio cronfa ddŵr. Ac mae'n gweithio drwy bobl. Mi wnes i sôn wrth Roger 'mod i'n meddwl mai'r platiau oedd y batris ac mai ti oedd y weiars."

"Tasai'r grym yn y platiau," meddai Alison, "dwi wedi'i ryddhau o, ac mae pob dim yn iawn eto, O, Gwyn, ydi o?"

"Nac'di. Dyma be sy'n fy mhoeni i. Dydi o ddim mor gyflym â hynna. Roedd y grym yn y platiau, ac yn y darlun, ond mae o ynon ni rŵan. Dyna lle mae'r patrwm wedi mynd. Ac mae Huw yn trio delio efo fo."

"Huw? Pam fo?"

"Mae o'n un o ddisgynyddion Gwydion, neu Llew Llaw Gyffes – yr un peth ydi'r ddau. Faset ti ddim yn credu'r peth, ond mae'n rhaid ei fod o'n wir. Ac mae ei rwdlan o yn rhywbeth nad ydi o cweit yn ei gofio, neu ddim yn gallu'i anghofio. Ond dydi o ddim yn ei ddeall o, cofia. Mae'n fwy o reddf ynddo fo, mae o mor ddwfn â hynny. Er enghraifft, mi ddywedodd mai ei ewyrth wnaeth y darlun – wel, welaist ti pa mor hen oedd o, yndô? Ond dwi'n siŵr ei fod o'n iawn. Mae'n fater o ba ewyrth!"

"Ond labrwr ydi Huw," meddai Alison.

"A be arall allai o fod fan hyn?" meddai Gwyn. "Dydi o ddim yn labrwr i bobl y cwm 'ma, ddeuda i wrthat ti gymaint â hynny. Mae'n air rhyfedd maen nhw'n ei ddefnyddio ar ei gyfer o – hen, hefyd – alla i ddim rhoi'r gair Saesneg i ti, ond mae'n rhywbeth rhwng 'syr' a 'meistr' a 'tad' – parchus a chyfeillgar, plwyfol iawn. Beth bynnag, Huw sy'n gyfrifol."

"Gwyn, wyt ti'n siŵr am hyn i gyd?"

"Nac'dw, wrth gwrs. Taswn i'n 'nôl yn Aber faswn i'n chwerthin a deud ein bod ni gyd wedi mynd yn honco. Ond dwi yma yn y cwm, ac mae'n ateb sy'n ffitio. Dyro un gwell i mi ac mi facha i arno fo'n syth."

"Ti'n iawn," meddai Alison. "Dwi'n gwbod dy fod ti. Dwi wedi'i deimlo fo, ond ro'n i methu'i roi mewn geiriau fel ti. Edrycha ar y cwm druan 'ma, Gwyn. Mae'n sâl. Adeiladau'n adfeilio, tir garw. Welais i ddwy ddafad wedi marw ar y ffordd i fyny. Dydi hyd yn oed Clive, druan, ddim yn gallu dal penbwl. Efallai pan fydd y pŵer yn rhydd y bydd pethau'n gwella, tan y tro nesa—"

"Paid â siarad fel'na," meddai Gwyn.

"Dylen ni gychwyn 'nôl," meddai Alison. "Diolch am ddeud wrtha i, Gwyn."

"Rhaid i ti beidio ag ildio. Mi allai dy sugno di'n grimp."

"Dwi'm yn ildio."

"Ti'n edrych yn ddigalon."

"Na. Dwi wedi bod mor hapus pnawn 'ma. Dwi'n gallu deall sut mae hi'n teimlo ar ei phen ei hun o hyd. Dim rhyfedd ei bod hi'n greulon. Be fydd yn digwydd nesa?"

"Does gen i ddim clem," meddai Gwyn, "ond mae'n rhaid i ni fod yn ofalus."

"Bydd yn anodd i ni weld ein gilydd," meddai Alison. "Unwaith mae Mam wedi penderfynu rhywbeth, wnaiff hi ddim symud modfedd."

"Mae hyn yn bwysicach na dy fam," meddai Gwyn. "Os ddigwyddith unrhyw beth mae'n rhaid i ti ddod yn syth. Ac mi allwn ni gyfarfod bob dydd wrth y fainc yn yr ardd lysiau.

Fedar neb fusnesa yn fan'na, mae'r sietin yn rhy drwchus. Faint o'r gloch?"

"Tua pedwar," meddai Alison. "Mae hi fel arfer yn gorffwys yn y pnawniau."

"Dim mwy o gladdu pen yn tywod, chwaith," meddai Gwyn.

"Mi wna i egluro wrth Roger," meddai Alison. "Rydan ni gyd ynddi, tydan?"

Cododd Gwyn ar ei draed. "Mae'n debyg ein bod ni. Ond alla i ddim ymddiried ynof fi'n hun i beidio â malu'i drwyn o, felly mae'n well i ti ddeud wrtho fo. Coch, du a gwyrdd, ia? Sgwn i pwy ydi'r wifren arall?"

"Mae'n ddrwg gen i," meddai Alison. "Ti wedi 'ngholli i rŵan."

"Tria newid y plwg ar dy chwaraewr recordiau ryw dro, os oes gen ti un. Gei di weld."

"Un *portable* ydi o," meddai Alison.

"*Portable*?" meddai Gwyn. "Ydi o yma? Neith o chwarae?"

"Gwneith. Pam?"

"Liciwn i ei fenthyg o am 'chydig o oriau," meddai Gwyn, "os bydd Mami yn gadael i ti. Ty'd 'laen. Adre, adre, blant afradlon."

Cerddodd y ddau yn ôl at y ffordd fawn.

"Mi allet ti ddysgu mwy am gefnder dy dad," meddai Gwyn.

"Bertram?"

"Ia. Be ddigwyddodd iddo fo? Sut fath o berson oedd o?"

"Mi wna i 'ngorau," meddai Alison. "Oes wnelo hynny rhywbeth â hyn? Mae 'na fath o ddirgelwch ffug amdano fo.

Dwi wedi sylwi bod Mami'n mynd yn drasig i gyd bob tro y bydd rhywun yn cyfeirio ato fo. Dydi hi ddim yn deud unrhyw beth – y ffordd mae hi'n nodio'i phen ydi o. Dwi'n meddwl ei bod hi'n ei fwynhau o."

"Wel, gwna dy orau," meddai Gwyn.

Stopiodd y ddau wrth y sgri lle bu Gwyn yn cuddio.

"*You take the high road, and I'll take the low road*," meddai Gwyn. "*And I'll be insolvent afore ye* – ty'd 'laen, Alison, gwena. Plis paid ag edrych mor ddigalon."

"Dwi'n hapus," meddai Alison. "Gwyn, dwi isio i ti neud rhywbeth."

Moesymgrymodd Gwyn.

"Aros di wrth y cwt ieir rŵan," meddai Alison. "Bydd raid i mi fod yn gyflym. Ond aros."

"Mae hynny'n hawdd," meddai Gwyn. "Wel, well i mi fynd."

"Ydi."

"Fory 'ta. Am bedwar."

"Ia. A'r cwt ieir."

"A'r cwt ieir."

"Gwyn."

"Be?"

"Paid â gadael iddi ... dy ysgol."

Daeth Gwyn yn ôl i fyny'r llethr.

"Wnaiff hi ddim chwalu 'nghyfle i," meddai. "Ti isio i mi ddeud wrthat ti? Os a' i y tu ôl i'r cownter na, mae 'na ysgol nos. Ac nid dyna'r cwbl. Dwi wedi bod yn cynllunio. Os a' i y tu ôl i'r cownter 'na, does 'na neb yn mynd i 'nghadw i yno. Dwi wedi bod yn cynilo, ac wedi prynu set o recordiau, ac os a' i y tu ôl i'r cownter 'na, mi bryna i chwaraewr recordiau. Dydi ysgol nos ddim yn bob dim. Alla i ddeud wrthat ti, Alison. Neb arall. Ond alla i ddeud wrthat ti. Y recordiau 'ma. Maen nhw'n dy ddysgu di sut i siarad Saesneg yn iawn. Dyna be sy'n bwysig. Hynna, ac ysgol nos."

"Na!"

"Be sy?"

"Does 'na ddim byd o'i le efo'r ffordd rwyt ti'n siarad Saesneg, dim ond pan fyddi di'n rhoi'r acen wirion 'na 'mlaen i wylltio pobl."

"Ond un o'r werin ydw i, yndê?"

"Dim bwys," meddai Alison. "Dwi'n ei licio fo. Ti ydi o, ac nid deng mil o bobl eraill. Dydi o ddim yn bwysig, Gwyn!"

"Dydi o ddim yn bwysig – os nad ydi o gen ti!" meddai Gwyn, a jerian ei ffordd i lawr y sgri at y dŵr.

Gwyliodd Alison o'n mynd o'r golwg, yna cerddodd ar hyd y ffordd fawn, oddi ar y mynydd, heibio'r sgubor a'r dip defaid, dros y rhyd, a dringo drwy'r ardd at y tŷ.

Roedd hi'n dywyll ac oer tu mewn, a chlywodd Alison y troli te yn y parlwr. Brysiodd i fyny'r grisiau, ac ychydig eiliadau yn ddiweddarach, daeth i lawr eto a mynd allan drwy'r stafell gotiau.

Daeth o hyd i Gwyn yn eistedd ar y bonyn coeden wrth ymyl y cwt ieir.

"Dyma ti," meddai Alison. "Dwi isio rhoi anrheg i ti." Gwthiodd focs i law Gwyn.

"Pam?"

"Am heddiw."

"Does gen i ddim byd i ti."

"Dim bwys," meddai Alison, gan redeg yn ôl drwy'r coed.

Agorodd Gwyn y bocs. "Cyfarchion o Wlad y Gân," darllenodd. Trodd y bocs drosodd. "A Kelticraft Souvenir." Ac yna'r sgrifen fân ar y gwaelod. "Made in England."

Pennod 18

"Dim sosej," meddai Roger, "heblaw am dri deg chwech ffrâm o goed ar fryn. Mae'n rhaid mai ffliwc oedd hi efo'r lluniau eraill."

"Synnwn i daten," meddai Clive.

"Ond wnei di brynu mwy o ffilm i mi pan fyddi di'n siopa?" meddai Roger. "Mae gen i ddigon o goed pîn, ond mae 'na hen ddigon i'w neud yma – cyfleon am luniau da."

"Reit-ho. Wps!" Anelodd Clive at y bêl a methu.

"Un i ddim i mi," meddai Roger.

"Ffww! Y shots llydan 'na sy'n fy nal i allan," meddai Clive. "Dwi'n rhy hen i chwarae ping-pong."

"Dy sbinars di ydi'r rhai butraf welais i 'rioed," meddai Roger. "Dydi'r bêl ddim hyd yn oed yn bownsio. Sut wyt ti'n ei neud o?"

"A-ha," meddai Clive. "Cyfrinach. Ble mae Ali? Ro'n i'n meddwl ei bod hi'n dod am gêm fach."

"Aeth Margaret â hi am dro."

"O. Wela i."

"Dad, pryd 'dan ni'n mynd adre?"

"Mewn rhyw dair wythnos, ie?" meddai Clive.

"Unrhyw obaith o gael mynd ynghynt?"

"Pam? Dwyt ti ddim yn mwynhau dy hun yma?"

"Nac'dw."

"Be sy? Allen ni ddim gofyn am dywydd gwell."

"Nid dyna ydi o."

"Dwyt ti a a Margaret ac Ali ddim yn dallt eich gilydd? Dwi'n gwbod bod pethau'n gallu bod yn anodd ar y dechrau – pethau fel'ma – wyddost ti – maen nhw'n dod i drefn yn y diwedd fel arfer."

"Byddai hynny'r un peth yn unrhyw le," meddai Roger. "Y lle 'ma sy'n deud arna i. Mae'n rhaid i mi fynd o 'ma."

"Whow nawr," meddai Clive. "Cicio dros y tresi wyt ti, dyna i gyd. Mae pawb yn mynd drwyddo fo. Mi ddaw."

"Dad, plis gawn ni fynd adre."

"Ddim yn bosib," meddai Clive. "Rydan ni wedi paratoi pob dim ar gyfer aros tair wythnos yma, a byddai'n creu coblyn o drafferth tasen ni'n newid y trefniadau."

"Coblyn o drafferth i Margaret," meddai Roger.

"Yn hollol," meddai Clive. "Helô, dyma fy hoff dywysoges. Gest ti dro bach braf?"

Daeth Alison i mewn i'r stafell tennis bwrdd gan gydio mewn camera ger y strap.

"Do, diolch."

"Ardderchog. 'Dan ni newydd orffen gêm. Os wyt ti isio un, mae arna i ofn y bydd raid i Roger ofalu amdanat ti ar ei ben ei hun – dwi wedi nogio. Mae o wedi gneud i mi redeg o gwmpas nes 'mod i'n biws. Gadwa i'r sgôr os lici di."

"Wnes i ddim dod ar gyfer gêm," meddai Alison. "Roger, fedri di ddatblygu'r ffilm yma i mi, os gweli di'n dda?"

"Be, rŵan?"

"Os gweli di'n dda. Cyn te. Mae Mami a fi wedi bod yn tynnu lluniau a gofynnodd Mami allet ti neud, er mwyn gweld sut maen nhw wedi troi allan?"

"Dydi o ddim mor hawdd â hynny," meddai Roger. "Mae'n cymryd amser. All o ddim aros?"

"Gwna be fedri di, 'ngwas gwyn i," meddai Clive.

"Iawn," meddai Roger. "Ond dwi'n gwbod be gawn ni – diffiniad gwael, y ffocws yn sobor, rhy bell o'r testun, haul ar y lens, camera wedi ysgwyd – y cwbl lot."

Cerddodd y tri i lawr y llwybr y tu ôl i'r stablau. Stopiodd Roger wrth y drws pen. Pwysodd ei glust yn ei erbyn.

"Dad."

Daeth Clive ac Alison yn eu holau.

"Gwrandewch. Be dach chi'n glywed?"

"Rhywun yn symud o gwmpas tu mewn?" meddai Clive. "Rhyw fath o siffrwd."

"Unrhyw sŵn traed?" meddai Roger.

"Ym – na."

"Mae'r drws wedi'i gloi, a does 'na ddim ffordd arall i mewn," meddai Roger, "a chlywais i'r un peth yn union wythnos yn ôl."

"Wnest ti, myn brain i!" meddai Clive. "Gadewch i ni weld be ydi o 'ta."

"Does 'na ddim un o'r goriadau yn ffitio, dwi wedi trio."

"Gawn ni weld am hynny," meddai Clive. "Mae'r hen Handihobjob ym mlaen y tŷ, yn cribinio'r dreif. Ro i floedd iddo fo." Aeth rownd cornel yr adeilad. "Ahoi! Ty'd yma am eiliad, wnei di?"

"Alison, pam wyt ti'n edrych mor wyrdd?" meddai Roger.

"Dwi'n gallu arogli petrol," meddai Alison. "Mae'n troi arna i."

"Nawr 'te," meddai Clive. Daeth yn ei ôl gyda Huw Hanerob. "Y drws yma. Gad i ni ei agor o."

"Na, syr," meddai Huw.

"Mae o wedi cloi. Ble mae'r goriad?"

"Dydi o ddim yn agor," meddai Huw. "Mae hwnna yn glo hardd, tydi?"

"Hardd iawn," meddai Clive. "Dan – ni – isio – y – goriad."

"Na, syr."

"Y goriad, Hanerob. Ble mae'r goriad?"

"Wedi mynd, syr."

"Be? Ar goll?"

"Yn yr afon," meddai Huw. "Ers talwm. Hi wnaeth gloi'r drws a thaflu'r goriad."

"I be, myn diaen i?" meddai Clive.

"Ia syr. Rŵan esgusodwch – rhaid i mi weithio i Mrs Bradley."

Llusgodd Huw i ffwrdd.

"Does neb," meddai Clive, "neb yn gallu bod mor dwp â hynna! Cynllwyn ydi hyn!"

"Maen nhw'n hurt bost, bob un ohonyn nhw," meddai Roger. "Y ffordd maen nhw'n gwenu a nodio'u pennau, a gallen nhw fod yn deud unrhyw beth dan haul. Dach hi byth yn gwbod ble dach chi efo nhw. Plis, Dad, gadewch i ni bacio a mynd adre."

"Dal dy ddŵr," meddai Clive. "Dwi'n meddwl bod ein dychymyg ni'n mynd 'chydig yn rhemp. Allan nhw ddim bod mor wallgo â hynna."

"Na?" meddai Roger. "Ddeuda i un peth wrthach chi. Mi wnes i sylwi arno fo ar ddamwain lwyr. Doedd hyn ddim yn cael ei neud er lles neb. Dach chi'n gwbod 'mod i wedi bod yn nofio bob pnawn – wel, bedwar diwrnod yn ôl ro'n i'n cerdded i fyny o'r afon ar hyd ffordd y ffarm wrth ymyl yr ardd lysiau, ac mi wnes i ddigwydd sylwi ar y Gwyn 'na yn eistedd ar y fainc – dach chi'n gwbod, yr un sydd yn y darn trwchus o'r gwrych agosaf at y tŷ. Roedd o jest yn eistedd."

"Be sydd o'i le ar hynny?" meddai Clive.

"Y diwrnod wedyn," meddai Roger, "roedd o yno eto. Ac ers hynny dwi wedi bod yn cadw llygad. A bob pnawn am bedwar mae'n dod i eistedd ar y fainc am hanner awr. Dydi o'n gneud dim. Dim ond eistedd, gwgu, ac yna mynd. Bob dydd! Yr un pryd! A dach chi'n gallu gweld nad ydi o'n mwynhau'i hun. Dydi o ddim yn ei neud o er mwyn mwynhau'r olygfa. Rŵan, os mai fo ydi'r un clyfar, ble mae hynna'n gosod y lleill?"

"Wyt ti wedi meddwl am y gwallgofddyn sy'n neidio yn yr afon yr un amser bob dydd, ac wedyn yn sbio ar bobl?" meddai Alison.

"Tyrd â'r ffilm 'na yma," meddai Roger. "Gad i ni weld pa gampweithiau o'r grefft sydd yma." Ac i ffwrdd â fo, yn swingio'r camera.

Eisteddodd Clive ar erchwyn y tanc pysgod a sychu ei war. "Fyddet ti ddim yn credu'i bod hi'n bosib i beidio â dal dim yn yr afon 'na," meddai. "Tywydd fel hyn, dim awel, hyd yn oed – wn i ddim wir, bydd raid i mi fynd ar ôl y trueiniaid yn y tanc 'ma cyn bo hir."

Eisteddodd Alison wrth ei ochr. Roedd hi'n edrych ar y dŵr ac yna i fyny at ei llofft o hyd.

"Rhyfedd am y drws 'na," meddai Clive. "Gallwn i fod wedi tyngu bod rhywun tu mewn. Ar gyfer be mae'r lle'n cael ei ddefnyddio?"

"Dim syniad," meddai Alison. "Dwi 'rioed wedi bod i mewn."

"Mae o wastad wedi'i gloi?"

"Dwi'm yn cofio. Mae 'na gymaint o stafelloedd gwag yma."

"Od. Mae'n gas gen i deimlo 'mod i'n cael fy nhwyllo gan weision, ac roedd yr Hanerob 'na'n bendant yn chwarae gemau efo fi."

"Dydi ei Saesneg o ddim yn dda iawn," meddai Alison.

"Dydi o ddim mor ddrwg â hynny," meddai Clive. "O wel. Pwy ddeudodd o oedd wedi colli'r goriad?"

"Hi," meddai Alison.

"Hi pwy?"

"Hi neb."

"Nansi?" meddai Clive. "Sgwn i. Gallai fod. Ofynna i iddi."

Dododd Alison ei llaw yn y dŵr.

"Mwynhau dy wyliau?" meddai Clive.

"Ydw, diolch, Clive."

"Tair wythnos arall, yndê?"

"Ia."

"Bron iawn."

"O, ia," meddai Alison.

"Ym – sut mae dy fam yn mwynhau ei hun?"

"Yn iawn. Mae Mami wrth ei bodd allan yn y wlad – mynd

am dro a chasglu pethau. Gawson ni blu heddiw, rhai hyfryd lliw hufen efo patrymau brown yn donnau rownd yr ochrau."

"Dwyt ti ddim isio mynd adre'n gynnar, felly?" meddai Clive.

"Pam?"

"Ro'n i'n rhyw feddwl efallai dy fod ti fymryn yn ddi-hwyl yn ddiweddar. Ro'n i'n meddwl efallai nad oeddet ti'n rhyw hapus iawn yma."

"Clive, ti ydi'r dyn mwya annwyl i mi ei gyfarfod 'rioed," meddai Alison.

"Gan bwyll, Mata Hari!"

Chwarddodd y ddau.

Daeth Gwyn i fyny'r llwybr o'r ardd lysiau at y dreif. Oedodd pan welodd Clive ac Alison wrth y tanc ac edrych dros ei ysgwydd. Yna cerddodd i ffwrdd i gyfeiriad y buarth.

Trodd Clive ei arddwrn. "Ugain munud wedi pedwar," meddai. "Wel ar f'enaid i."

Chwaraeodd Alison gyda'r dŵr.

"Dwi'n meddwl a' i yn fy mlaen a chael gair efo'r hen Nansi cyn te," meddai Clive.

"Arhosa i fan hyn," meddai Alison.

"Waeth i ti neud, ddim. Does 'na'm dal be ddaw efo'r ddynes yna, nagoes?"

Pan oedd Clive wedi mynd gwyliodd Alison ei hadlewyrchiad yn y dŵr. Ar y dechrau roedd hi'n ceisio penderfynu ai'r hyn roedd hi'n ei weld rŵan oedd yr hyn a welodd hi o'i llofft, ond wrth iddi rythu i'w llygaid ei hun am un munud ar ôl y llall, daeth yn fwy anodd iddi edrych i ffwrdd. Feiddiai hi ddim troi ei phen, gan ei bod yn gwybod bod rhywun yn ei gwylio hi.

Be sy? Mae rhywbeth wedi digwydd. Mae rhywbeth wedi stopio. Mae rhywbeth wedi stopio. Be? Y gribin!

Trodd Alison. Roedd Huw Hanerob yn pwyso ar ei gribin, ei ben yn pwyso ymlaen, ei sylw wedi'i hoelio arni. Ceisiodd Alison rythu'n ôl arno, ond yn y diwedd, bu raid iddi esgus ei bod wedi bod yn meddwl am rywbeth arall. Trodd – ac edrych i mewn i bâr arall o lygaid: rhai glas yr un mor ddwys. Gwyn oedd o. Roedd o yn ffenest y stafell fwyta. Doedd dim arlliw o dawelwch yn ei lygaid, dim o'r hyn welodd Alison pan oedd o wedi eistedd lle roedd hi rŵan. Roedd Huw yn dal yno. Teimlai Alison fel petai hi wedi'i dal yn sownd mewn gefel rhwng y ddau.

Rhowch y gorau i rythu arna i.

Petai hi'n symud byddai'n rhaid iddi basio Huw a mynd i mewn drwy'r drws blaen, neu gerdded i gyfeiriad ffenest y stafell fwyta i gyrraedd y stafell gotiau. Taflodd ei gwallt yn ôl. Clywodd injan moto-beic yn dod yn fyw, a'i sŵn yn symud i ffwrdd i fyny'r ffordd. Crychodd ei thrwyn yn erbyn drewdod y mwg.

Roedd Huw a Gwyn yn dal i'w gwylio, ond roedd y sŵn wedi llacio eu gafael. Gallai eu hanwybyddu.

"Ali! Ali! Pam na fyddet ti wedi deud? Ble dynnest ti hwn?" Saethodd Roger allan o'r stafell gotiau, a darn mawr o bapur gwlyb wedi plastro'i hun dros ei frest a'i freichiau. "Brysia! Fan hyn! Be ydi o?"

"O, hwnna," meddai Alison. "Ro'n i wedi gweld bod un llun ar ôl ar y ffilm felly mi dynnais i lun sydyn o dy beth

Bryn di o'r ffordd wrth i ni basio. Ti wedi bod yn mwydro am y peth mor aml, mi wnes i o am hwyl. Dim ond pwyntio'r camera wnes i – wnes i ddim trafferthu i chwarae efo'r ffocws na dim. Dim ond i orffen y ffilm wnes i o."

"Be ydi hwn? Fan'na, rhwng y ddwy goeden binwydd ar y chwith."

"Pam wyt ti'n gneud cymaint o ffys?" meddai Alison. "Dim ond Gwyn ydi o."

Pennod 19

Roedd hi'n dipyn o gamp, taflu'r waywffon 'na.

Roedd Gwyn wedi dod o hyd i Lech Ronw, ond o ble safai o ynghanol y coed ar grib y Bryn doedd o ddim gwahanol i'r cerrig eraill. Y Bryn oedd yn arglwyddiaethu dros y cwm, a gallai wylio pob un o symudiadau Alison a bod yn barod am unrhyw gyfle, ond doedd dim cyfle.

Wedyn roedd hi'n amser mynd i'r ardd lysiau. Ddaeth hi ddim.

Te. Pan welodd hi'n chwerthin gyda'i llystad wrth y dŵr gwasgodd Gwyn y bocs yn ei boced. Roedd hi wedi chwerthin fel 'na ar Dap Nyth yr Eryr. Edrychodd dros ei ysgwydd ati ar y gorwel. Roedd o eisiau chwalu'r bocs, clywed y cregyn yn malu, a dychmygodd ei hun yn croesi'r lawnt. Byddai'n taflu'r bocs i'r dŵr rhyngddyn nhw, yn wrthodedig, yn sbwriel.

Cerddodd Gwyn at y buarth.

"Ble wyt ti wedi bod drwy'r pnawn?" meddai Nansi.

"Allan," meddai Gwyn.

"A finne wedi cael amser mor braf fan hyn, heb neb i roi help i mi," meddai Nansi.

"O, twll eich tin chi, yr hen fuwch flin."

"Dyna be maen nhw'n dy ddysgu di yn yr ysgol 'na?" meddai Nansi.

"Mi faswn i wrth fy modd," meddai Gwyn. "Lefel A mewn rhegi – byddai, mi fyddai hwnnw'n werth 'i neud."

"Wel, am rŵan gei di fynd â'r troli te 'ma."

Gwthiodd Gwyn y troli drwy'r stafell fwyta. O dywyllwch y stafell roedd Alison a'i llystad yn eistedd tu allan, wedi'u goleuo fel tasen nhw ar lwyfan. Gwyliodd Gwyn, a phan adawodd Clive, symudodd at y ffenest.

Edrycha arna i, ferch. Edrycha'r ffordd yma. Edrycha. Edrycha. Edrycha.

Roedd Alison yn astudio ei hadlewyrchiad. Wrth i'r munudau basio roedd hi'n ymgolli fwy a mwy. Cododd Gwyn ei law i gnocio ar y ffenest, ond newidiodd ei feddwl.

Na. Mae dy fam yn cripian o gwmpas yn rhywle. Wnawn ni o'r ffordd yma. Ddangosa i ti pwy ydi'r bòs. Mi wnei di edrych. Mi wnei di edrych.

Dechreuodd Alison aflonyddu. Doedd ganddi ddim diddordeb yn y dŵr bellach.

Dyna ti, hogan ...

Pan aeth Gwyn yn ôl i'r gegin doedd ei fam ddim yno, ond gallai ei chlywed yn cerdded o gwmpas yn y fflat uwch ei ben, yn ôl a 'mlaen, drosodd a throsodd, yna cnoc. Mwy o gerdded. Roedd hi yn llofft Gwyn.

Aeth Gwyn i fyny'r grisiau.

Roedd yr hen gês lledr ar wely Nansi, ac roedd hi'n tynnu a thaflu dillad allan o ddroriau a chypyrddau.

"Ty'd yma," meddai Nansi. "Mae gen i asgwrn i'w grafu efo ti, 'ngwas i."

"Be dach chi'n neud?" meddai Gwyn.

"Gadael," meddai Nansi. "Ddeudes i wrtho fo!"

"'Dan ni'n gadael?"

"Wyth awr a deugain. O fory. A dwi'm isio geirda na dim byd. Dwi'n mynd. Ddeudes i wrtho fo."

"Dim ond dau ddiwrnod arall?" meddai Gwyn. "Dim ond dau ddiwrnod? Mam, ddim eto. Plis, Mam."

"Sut gafodd o wbod? Be wyt ti wedi bod yn 'i ddeud y tu ôl i 'nghefn i?"

"Dim byd, Mam."

"Welodd neb be wnes i efo'r goriad 'na. Neb. Ti oedd o, ia? Seboni efo fi, wedyn rhedeg atyn nhw efo dy hen straeon?"

"Na, Mam! Pa oriad?"

"Ar ôl y cwbl dwi wedi'i neud i ti. Rhedeg atyn nhw efo dy hen straeon. Meddwl dy fod ti'n un ohonyn nhw rŵan, dwyt? Gwbod y cwbl, dwyt? Iawn, 'ngwas i. Iawn. Ti'n gwbod lle fyddi di fis nesa. Dyna'i diwedd hi, 'ngwas i!"

"Ddo i'n ôl pan fyddwch chi wedi callio," meddai Gwyn.

Llwyddodd i gau drws y fflat y tu ôl iddo a cherdded i lawr y grisiau. Roedd ar waelod y staer. Eisteddodd ar y gris isaf, ei ben yn ei ddwylo, a doedd dim arall y gallai wneud. Drwy'r pellter y tu mewn iddo clywodd sŵn traed ymhell i ffwrdd, a lleisiau, a siffrwd, a thrwy ei fysedd gwlyb gwelodd ddau bâr o sgidiau yn stopio o'i flaen, yna'n symud o'i amgylch, yna teimlodd y pren yn gwichian, yna roedd ar ei ben ei hun eto a doedd neb wedi deud ei enw.

"Am felltigedig o annifyr." Caeodd Roger y drws. "Mae'n gywilyddus." Gosododd y print ar ei wely.

"Dwyt ti 'rioed wedi crio?" meddai Alison.

Gosododd Roger lein sychu dillad ar hyd chwarter y stafell a chrogi'r print oddi arni.

"Wyt ti?" meddai Alison.

"Paid â bod yn wirion," meddai Roger.

"Dwyt ti ddim wedi ateb fy nghwestiwn i."

"Flynyddoedd yn ôl, falle. Nid yn ddiweddar, ac yn bendant ddim yn gyhoeddus."

"Be am pan adawodd dy fam di?"

"Cau hi!"

"Paid â bod mor gomon."

"Dwyt ti'm wedi clywed ei hanner hi."

"Dim ond gofyn wnes i."

"A dwi ddim ond yn deud wrthat ti. Cau hi."

"Dwi'm yn gwbod pam dy fod ti mor groendenau am dy rieni," meddai Alison. "Rwyt ti wedi dod allan ohoni'n eitha da, yndô."

"Sy'n golygu be'n union?"

"Neu mae dy dad di wedi," meddai Alison. "Mae Clive yn annwyl, ond does gynno fo fawr o steil, nagoes? Roedd teulu Mam wedi synnu pan wnaeth hi ei briodi o."

"Ia, roedd hi'n sydyn iawn yn ei fachu o, am wraig weddw," meddai Roger. "Ydi hi wastad yn anelu am y llyfr siec agosaf?"

"Roger!"

Symudodd Roger y llun yn is i lawr y lein ddillad. Eisteddodd Alison ar y gwely, a throi a throi edefyn yn y cwrlid.

"Dylwn i fynd i weld be sydd o'i le ar Gwyn."

"Cer di â chroeso," meddai Roger, "ond mi fyddwn i'n cadw'n ddigon pell taswn i'n ti. Diwrnod neu ddau arall a bydd dy broblemau wedi diflannu."

"Ti'n gas."

"Chwarae teg rŵan, Ali," meddai Roger. "Mae'n rhaid i ti gyfadde y byddai'r lle 'ma'n llawer iawn gwell heb y ddau greadur yna. Synnwn i daten tase'r holl beth yn gynllwyn rhyngddyn nhw a'r penbwl Hanerob 'na i'n hel ni o 'ma, fel eu bod nhw'n gallu cloddio am y trysor. Falle mai pencadlys smyglwyr ydi fan'ma, calon y busnes whisgi Cymreig anghyfreithlon!"

"Dwyt ti ddim yn ddigri o gwbl," meddai Alison. "Ti'n gwbod bod be ddywedodd Gwyn wrtha i yn gneud synnwyr, a tasai o'n unrhyw un arall mi fyddet ti'n cytuno."

"Be, yr holl rwtsh batris a weiars 'na?"

"Ti'n teimlo ym mêr dy esgyrn ei fod o'n iawn," meddai Alison. "Dwi'n gwbod dy fod ti. Alli di'm diodde meddwl ei fod o'n fwy clyfar na ti, dyna ydi dy broblem di. Fyddet ti byth wedi gallu ei weithio fo allan fel wnaeth Gwyn."

"Ti'n galw hynna yn weithio fo allan? Y lol botes 'na? O, mae o'n glyfar. Rhy glyfar. Roedd o'n gwbod y cwbl y diwrnod ar ôl i ti ddod o hyd i'r platiau 'na, doedd? Y diwrnod wedyn. Mae hynna'n bendant yn glyfar!"

"Mae o'n gwbod yn reddfol. Mae o'n perthyn yma."

"Yn reddfol? Callia wnei di! Mae o isio i ti goelio hynna. Fo a'r Penmochyn – dydyn nhw byth yn stopio mwydro. Elli di fwydro dy hun i gredu unrhyw beth, os wyt ti'n trio'n ddigon caled."

"Fel rŵan?"

"Paid â mwydro."

"Ti'n dwp," meddai Alison.

"Falle 'mod i'n dwp," meddai Roger, "ond dwi'm yn igian crio ar y staer."

"Falle na chest ti 'rioed reswm dros neud."

"Falle. Ali, gad i ni roi'r gorau i hyn. Iawn, mae o'n glyfar, ond dydi o ddim yn un ohonan ni, a fydd o byth. Iob ydi o. Iob clyfar. A dyna fo."

"Be wnei di ar ôl gadael ysgol?" meddai Alison.

"Gweithio efo Dad, wrth gwrs."

"Be wyt ti isio neud?"

"Dwi newydd ddeud—"

"Wyt ti isio?"

"Ydw. Wel. Be arall?"

"Ti'n licio tynnu lluniau," meddai Alison, "ac mae gen ti ddawn. Oes, mae gen ti. Fysat ti ddim yn licio bod yn ffotograffydd?"

"Falle na faswn i'n ddigon da," meddai Roger.

"Ti'm yn gwbod nes byddi di wedi rhoi cynnig arni."

"Yn broffesiynol, ti'n feddwl? Be wnawn i am bres? Mae'n cymryd blynyddoedd i sefydlu dy hun. Beth bynnag, mae Dad wedi trefu bob dim ar fy nghyfer i."

"Dwi o ddifri," meddai Alison. "Taset ti isio bod yn ffotograffydd, be fyddai ymateb Clive?"

"Mi fyddai'n gneud i'r papur wal gyrlio."

"A be fyddet ti'n ei neud? Fyddet ti'n dal dy dir yn ei erbyn o?"

"Fyddet ti'n dal dy dir efo Margaret?"

"Dwi'm yn gwbod," meddai Alison. "Mae'n ofnadwy. Dwi 'rioed wedi teimlo'n gry iawn am unrhyw beth."

"Alla i wastad tynnu lluniau yn fy amser hamdden," meddai Roger. "Fel hobi. Be wnaeth i ti ddechrau sôn am hyn?"

"Gwyn," meddai Alison. "Mae o wedi f'ypsetio i."

"Ddim ti ydi'r unig un!"

"Be wyt ti'n meddwl neith ddigwydd iddo fo?" meddai Alison. "Be neith o efo'i hun?"

"Mi fydd yn athro neu rywbeth tila tebyg."

"Mae'i fam o'n bygwth gneud iddo fo adael yr ysgol a gweithio mewn siop."

"Felly bydd o'n gweithio mewn siop," meddai Roger.

"Fedri di ddim dallt?" meddai Alison. "Mae'n rhaid iddo fo ffendio bob dim drosto fo'i hun."

"Neith fyd o les iddo fo."

"A'r darn gwaetha ydi, mae o'n gwbod hyn, ond dydi o'm yn gwbod lle i gychwyn. Mae'n erchyll. Mae o'n ... mae o ... Roger, mae o wedi bod yn cynilo a phrynu cwrs ar recordiau gramoffon i ddysgu sut i siarad Saesneg fel ni."

"Fyddet ti byth yn deud, o wrando arno fo," meddai Roger.

"Dydi o'm yn gallu eu defnyddio nhw. Does gynno fo ddim chwaraewr recordiau. Dyna be dwi'n ei feddwl. Dydi o ddim yn codi cywilydd arnat ti?"

"Ddim a deud y gwir."

"Rwyt ti'n drewi o betrol," meddai Alison.

"Oherwydd y joban sydyn wnes i ar dy ffilm di," meddai Roger. "A meths ydi o, nid petrol."

"Petrol ydi o," meddai Alison. "Dwi'n teimlo'n sâl."

PENNOD 20

Trodd y tywydd dros nos. Daeth gwynt, gan lusgo cymylau ar hyd y mynyddoedd. Aeth Gwyn i bacio. Aeth Nansi o gwmpas heb ddweud yr un gair, gan wneud ei gwaith gyda pherffeithrwydd oedd yn gwneud y tŷ yn annioddefol.

Roedd y cwm wedi'i gau mewn cymylau.

"Mae'n bedwar o'r gloch, hogan. Wyt ti wedi anghofio rhywbeth?"

Collodd Alison ei llyfr braslunio ar y llawr. Roedd Gwyn yn sefyll yn nrws y parlwr.

"Be wyt ti'n neud yma?"

"Sefyll drws nesa i *chaise longue*."

"Does gen ti'm hawl bod fan hyn," meddai Alison.

"Sori, Miss. Ydw i'n mynd i gael y sac?"

"Allai Mami ddod unrhyw funud!"

"Pa wahaniaeth neith hynny?" meddai Gwyn. "Dwi'n mynd y diwrnod ar ôl fory, Alison – fory. Un diwrnod. Lle wyt ti wedi bod yn cuddio?"

"Welodd Mami ni ar y mynydd. Roedd hi'n ein gwylio ni drwy'r *binoculars*. Roedd hi'n aros amdana i – a rŵan, fiw i mi. Fedra i ddim. Gwyn, jest cer."

"Dwi'n mynd ar ôl fory, peth cynta. Felly dwi yma rŵan. Sgen i'm byd i'w golli."

"Ond mae gen i!" meddai Alison. "Sgen ti'm syniad!"

"Well i ti ddeud wrtha i 'ta," meddai Gwyn. "Dwi'n glustiau i gyd."

"Cer o 'ma—"

"Lle tân smart, tydi?" meddai Gwyn. "Y teils 'na wedi'u peintio efo llaw, ydyn nhw?"

Agorodd Alison y clo ar y ffenestri Ffrengig a rhedeg o'r tŷ am y dreif.

"Mae'r ardd lysiau draw fan'cw," meddai Gwyn. Roedd o wedi'i dal o fewn ychydig gamau.

"Cer o 'ma!" meddai Alison. "Mi fedar unrhyw un ein gweld ni!"

"Go brin," meddai Gwyn. "Ond mae'r ardd lysiau yn dawel, braf. Neu ddylen ni aros fan hyn? Dwed ti."

Roedd yr ardd lysiau ym mhen draw llwybr oedd yn mynd o dan y dreif. Roedd wedi'i chau i ffwrdd o weddill y gerddi gan wal lechi a gwrych. Roedd giât yn dwll yn y gwrych, oedd yn uchel a thrwchus a dwfn. Eisteddai mainc wedi'i gwneud o goed hen long yn y gwrych er mwyn gallu gweld dros yr afon am y mynyddoedd.

"Y ceunant acw ydi lle mae'r llwynogod yn mynd," meddai Gwyn. "Ogof Ddu. Maen nhw'n mynd i fyny'r rhaeadrau, ti'n gweld, ac mae'r clogwyni mor frwnt fedar dim byd ddod atyn nhw, ac mae'r cŵn hela yn colli'r trywydd, ac maen nhw'n gorwedd yno'n dawel nes bydd hi'n ddiogel. Wedyn maen nhw'n sgipio allan yn y mawn ar y top. Cyfrwys."

"Be wyt ti isio?" meddai Alison.

"Ti wedi gofyn hynna o'r blaen," meddai Gwyn. "Dydi'r ateb ddim wedi newid. Ti sydd."

"Na, Gwyn. Dwyt ti'm yn dallt. Fiw i mi dy weld ti. Mae Mami wedi bygwth be wnaiff hi, ac mae hi'n ei feddwl o."

"A be ydi hynny?" meddai Gwyn. "Be fedar hi neud? Dy grogi di efo cadwyni yn y dwnsiwn teuluol? Dy gau di mewn twr? Be ydi dy enw di – Rapunzel, ia? Be fedar hi neud, hogan? Dy saethu di?"

"Dwyt ti'm yn dallt."

"Dwi ddim yn dallt. Dwi'n dallt sut mae pethe wedi bod ers i ni fynd i fyny'r mynydd. Allai dy fam di byth neud dim gwaeth na'r pum diwrnod dwytha 'ma. Ty'd 'laen, dwed wrtha i."

"Mae Mami'n deud – os siarada i efo ti eto – mi neith i mi – bydd raid i mi – mae'n deud y bydd raid i mi adael y côr."

"Be?" meddai Gwyn.

"Mae'n ei feddwl o. Bydd raid i mi adael y côr. A neith hi ddim adnewyddu fy nhanysgrifiad i."

"Tanysgrifiad," meddai Gwyn.

"I'r clwb tennis."

"Clwb."

"Ti'n gweld, Gwyn—"

"Gweld! Gweld! Gweld! Gweld!" Taflodd Gwyn ei ben yn ôl yn erbyn y pren. "Gweld! Gweld!"

"Paid â gneud ffasiwn sŵn! Fydd pawb yn clywed!"

"A ti'n meddwl 'mod i'n poeni?" meddai Gwyn. "Deudodd hi hynna, do, dy fam?"

"Do."

"A wnest ti'm deud wrthi be câi hi'i neud efo'r côr a'r tennis?"

"Be ti'n feddwl?"

"Dyna pam dwyt ti'm wedi dod y pum diwrnod dwytha 'ma."

"Fyddwn i byth yn chwarae triciau arnat ti, Gwyn. Do'n i jest ddim yn meiddio."

"Mi wnaeth o ddigwydd," meddai Gwyn. "Roedden ni i fyny fan'na ar y mynydd. Mi ddigwyddodd."

"Wrth gwrs," meddai Alison. "Roedd o'n hyfryd."

"A rhoist ti focs i mi," meddai Gwyn. Rhododd ei law ym mhoced ei facintosh. "Y bocs yma. Pam?"

"Ro'n i'n hapus. Ro'n i isio rhoi anrheg i ti," meddai Alison.

"A'r côr a'r tennis," meddai Gwyn. "Roist ti rheiny yn erbyn – hwn."

"Mami ydi o. Alla i ddim diodde ei gweld hi'n poeni neu'n drist."

"Na," meddai Gwyn. "Na, iawn."

"Paid â bod yn flin," meddai Alison. "Ti'n fy nychryn i pan ti'n flin."

"Dwi'm yn flin," meddai Gwyn. "Dio'm bwys. Wnest ti holi am dy gefnder?"

"Do," meddai Alison. "Roedd o'n glyfar iawn efo'i ddwylo. Ei waith o ydi'r holl anifeiliaid 'na yn y stafell biliards, a fo wnaeth y cesys iddyn nhw."

"Be arall?"

"Dyna fo. Roedd Mami'n gwrthod deud mwy na hynna."

"Dim byd am sut gafodd o ei ladd?"

Ysgydwodd Alison ei phen.

"Wyt ti am i mi ddeud wrthat ti 'ta?" meddai Gwyn.

"Ti'n gwbod?" meddai Alison. "Sut gest ti wbod?"

"Waeth i mi foddi yn y môr na boddi yn y llyn," meddai

Gwyn. "Mi wnes i feddwl y byddai gan Mam ryw syniad be sy'n mynd ymlaen, felly mi wnes i fachu rhai o ffags dy lystad iddi fel abwyd. Wnaeth hi mo'i lyncu'n llwyr ond mi wnaeth hi sôn am y Bertram 'ma. Wedyn gwpwl o nosweithiau'n ôl mi fachais i hanner gwydraid o port o'r decanter – dyna'r cwbl mae hi ei angen – ac roedd hi yn y stad o feddwl perffaith i gael cic allan o'i fachu o. A dyna ni. Nefi!"

"Be?"

"Wel, fwy na heb, ddeudodd hi fod Huw wedi'i ladd o, ond faswn i ddim yn poeni. Na, wnaeth Bertram gicio'r bwced i fyny ar y bwlch fan'cw – damwain ffordd."

"Dyna i gyd?" meddai Alison. "Yn ôl y ffordd roedd Mam yn rhowlio'i llygaid ro'n i wedi cymryd ei fod o wedi lladd ei hun, o leia. Byddwn i'n arfer creu straeon amdano fo – wedi torri'i galon am fod rhyw gariad wedi priodi dyn arall. Roedd 'na olwg felly yn ei luniau o. Dyn golygus iawn."

"'Chydig rhy olygus," meddai Gwyn. "Roeddet ti'n iawn ei fod o'n dda efo'i ddwylo. Roedd gynno fo'r moto-beic *vintage* 'ma, ti'n gweld. Wedi'i neud o i fyny ei hun. Wedyn un diwrnod mae'n dod dros y bwlch – brwnt ofnadwy fan'na – ac mi fethodd gymryd cornel, fel maen nhw'n deud. Roedd o wedi gadael ei frêcs adre. Ddoth y beic i stop sydyn ar ryw lechi, ond aeth o am dri chan troedfedd arall – catshwm, catshwm, aaaa, sblat! – Alison!"

Crychodd Alison ei llygaid ac roedd ei cheg yn llinell dynn.

"Dwi'n hen ffŵl," meddai Gwyn. "Do'n i ddim wedi meddwl dy ypsetio di. Wyddwn i ddim bod gen ti feddwl ohono fo. Ddeudest ti nad oeddet ti 'rioed wedi'i weld o. Alison!"

Sythodd Alison. "Ddim dyna ydi o," meddai. "Ddrwg gen i. Dwi'n iawn. Rhywbeth arall. Gwyn, rhaid i mi fynd. Mae'n amser te."

"Ti'n edrych yn sal," meddai Gwyn.

"Fydda i'n iawn mewn munud."

"Mi ddoi di fory."

"Alla i ddim."

"Dim ond fory sydd."

"Fiw i mi."

"Dwi'n mynd yn ôl i Aber."

"Dwi'n gwbod."

"Fory, Alison. Plis. Fedri di'm gweld? Mae'n rhaid i ti."

"Stopia," meddai Alison. "Stopia, stopia! Rho'r gorau i fy rhwygo i rhyngoch chi. Ti a Mami! Ti'n mynd 'mlaen a 'mlaen nes dwi'm yn gwbod pwy ydw i, na be dwi'n neud. Wrth gwrs 'mod i'n gweld! Rŵan. Ond wedyn mae hi'n dechrau, ac mae be mae hi'n ei ddeud yn iawn hefyd, wedyn."

"Dwi ddim ond isio i ti fod yn ti dy hun," meddai Gwyn.

"A be ydi hynny?" meddai Alison. "Pwy bynnag rwyt ti'n fy ngneud i? Dwi'n un person efo Mami, ac yn un arall efo ti. Alla i ddim dadlau. Ti'n troi pob dim dwi'n ei ddeud i'r hyn rwyt ti isio imi 'i ddeud. Ydi hynna'n deg?"

"Mi fyddi di yma, yn byddi?" meddai Gwyn. "Fory. Y tro olaf."

"Gwyn."

"Plis."

"*How now, brown cow?*" galwodd Roger. "Wyt ti'n cael trafferth, Ali?"

Roedd o'n dringo drwy'r gwrych ar ochr arall yr ardd.

"Am be mae o'n fwydro?" meddai Gwyn.

"Dim byd," meddai Alison.

"Be oedd hynna am *brown cow*?"

"Dim byd, Gwyn."

"Te, Ali," meddai Roger.

"Iawn, dwi'n dod."

"A sut mae'r *rain in Spain*?" meddai Roger. "Ydi o'n dal *mainly on the plain*?"

"Am be mae o'n fwydro, Alison?"

"Wel wir, mae honna'n facintosh grand iawn gen ti," meddai Roger. "Y llewys byrion ffasiynol 'na, a'r pymps *peep-toe* diweddara."

"Cau dy geg, Roger," meddai Alison.

"Be ydi hynna am wartheg a glaw?" meddai Gwyn.

"Paid â deud dy fod ti'm hyd yn oed wedi cyrraedd y wers honno eto," meddai Roger. "Mae'n rhaid bod honna ar y record *elocution* gynta un."

"Roger!"

"Mi wnest ti ddeud wrtho fo?" sibrydodd Gwyn. "Deud wrtho fo? Fo?"

"Naddo!" meddai Alison.

"Mi wnest ti ddeud wrtho fo. Gawsoch chi hwyl, do?"

"Naddo, Gwyn!"

"Do, mae'n siŵr. Be arall? Be arall oedd yn ddoniol?"

"Ti'n cam-ddallt!"

"Fyddet ti ddim wedi sôn wrtho fo am y stilts, debyg? Ddim a chitha'n rhowlio chwerthin."

"Doedd hi ddim fel'na, Gwyn, wir i ti!"

"Methu rhedeg 'nôl ddigon cyflym, nag oeddet?" meddai Gwyn.

"Dwyt ti'm cweit yn dallt, deud y gwir," meddai Roger. "Ddywedodd Ali fawr ddim. Hynny ydi, wnaeth hi'm deud os wyt ti'n defnyddio'r set gyfan o Improva-Prole, neu gwrs byrrach Ymarferion ar Gyfer Hambons i'w defnyddio mewn siop. Wnaeth hi'm deud yn iawn."

"Alison." Camodd Gwyn yn ei ôl. "Alison."

"Gwyn! Paid ag edrych arna i fel'na! Paid! Alla i mo'i ddiodde o!"

"Alison."

"Paid – paid ag edrych arna i! Paid! Stopia fo, Roger! Roger, gwna iddo fo stopio. Stopia fo! Stopia fo! Stopia fo!"

"Ty'd rŵan, Ali, mae'n iawn. Mae'n iawn. Pwylla 'chydig. Mae'n iawn, Ali. Mae o wedi mynd. Diflannu. Ddeudes i mai iob oedd o."

PENNOD 21

Roedd ei wyneb mewn glaswellt gwlyb. Rhwygodd ei anadl, roedd o ar ei hyd mewn rhedyn a'i ben-glin yn galed yn erbyn llechen, ond dim poen. Edrychodd drwy driongl ei benelin a gweld y tŷ yn bell i ffwrdd. Roedd y cymylau'n ddim ond llathenni uwch ei ben, fel mwg. Doedd ganddo ddim cof o gyrraedd y mynydd.

Arhosodd yno nes roedd yn gallu symud, yna cerdded i fyny at awyr lwyd y mynydd. Byddai'n ddiogel y tu allan i'r cwm; byddai'n gallu cynllunio ble i fynd, sut i fwyta, cysgu.

Symudodd y cwmwl efo fo, wastad o'i flaen, yn cuddio pob dim, ac roedd y mynydd yn agored oddi tano i lawr at y tŷ, ond allai o ddim edrych. Trodd ei gefn at y cwm, a gwthio ymlaen chwith de, chwith de, troedfedd o fynydd ac eiliad o amser y tu ôl iddo, ac felly am sbel doedd dim byd arall yn cyfrif.

Gorffwysodd pan wyddai fod y tŷ wedi mynd o'r golwg. Roedd y rhan fwyaf o'r cwm wedi'i guddio wrth iddo bwyso yn erbyn craig wen dan ffin y gwastadeddau. Cydiodd mewn meillionen i dynnu'r petalau, ac estyn am un arall, a dyna pryd welodd o sut roedden nhw'n tyfu mewn llinell o flodau gwynion heibio'r graig ac i mewn i'r cwmwl.

Aeth ar ei gwrcwd wrth un o'r blodau ond tynnodd ei law

yn ôl, am fod y gwair o amgylch y feillionen wedi cael ei sathru'n wastad, er bod y feillionen yn sefyll yn rhydd. Wrth iddo wylio, cododd glaswelltyn yn sydyn, yna arafu, gan godi ei bwysau.

Aeth i lawr y llethr gam neu ddau. Roedd ei draed wedi sathru glaswellt a blodau, ond lle na bu ei draed eto roedd y meillion yn sefyll yn uwch na'r glaswellt.

Neidiodd mwy o laswellt yn ôl, fel pe baen nhw wedi'u sathru gan droed ysgafn.

Rhywun i fyny yna, oes?

Cerddodd ar hyd y llwybr gwyn a symudodd y cwmwl o'i flaen fel sgert nes ei fod ar y gwastadedd. Doedd dim mwy o ddringo i'w wneud, a chododd y niwl o'r mynydd a gallai weld dros fawn a dŵr a brwyn, a doedd neb ar y mynydd ar wahân iddo fo'i hun. Yn y pellter rhwbiodd hwch ddu ei hystlys yn erbyn y garnedd.

Hwch Gareth Pugh.

Rŵan 'ta, pa ffordd?

Pa un?

Gwelai fynyddoedd lle bynnag yr edrychai, dim byd ond mynyddoedd draw, draw a thraw, eu copaon wedi'u cuddio weithiau, ond mynyddoedd gyda mynyddoedd y tu ôl iddyn nhw am byth. Doedd unman yn y byd i fynd iddo.

"Alison—"

Safai yno, ac roedd y gwynt yn oer drwyddo. Edrychodd eto, ond doedd dim byd yno, a syrthiodd yr awyr yn is, gan guddio'r pellteroedd diffaith, a llenwi'r bryniau gydag ysbrydion, yna cododd ac edrych eto. Dim byd. Roedd hyd yn oed yr hwch wedi diflannu.

Baglodd ei ffordd ar hyd y mynyddoedd. Ddangosa i iddyn nhw. Allwn i farw fan hyn, a phwy fyddai'n poeni? Nhw?

Doedd o ddim wedi bwriadu dod o hyd i Dap Nyth yr Eryr. Daeth ati pan na allai weld fwy na thri cham o'i flaen. Wynebodd y gwynt, yn barod i'r cwmwl fynd heibio, a dyna lle roedd y cwm a'r tŷ. Am eiliad ysai am fod ynghanol y caeau a'r coed, gyda phobl, i fod i lawr o'r mwsogl a'r torlannau mawn.

Ond roedd y defaid ym symud o'r chwith i'r dde ar draws y llethrau. Yr heini rheiny. Gwasgodd ei gynddaredd yr oerfel yn ôl i mewn iddo.

Chwibanai ffermwyr ar eu cŵn, a'u galw. Cododd y synau o lawr o cwm, "Saf, Ben. 'Na chdi, Ben. Da iawn, Ben." A gwelodd y cŵn yn ymledu drwy'r rhedyn, du a gwyn ynghanol y gwyrddni. "Saf, Ben. Lass. Cym bei, Lass. 'Na fo. 'Na fo. 'Na fo." Trodd y cŵn eu cyfeiriad ar chwibaniad. Edrychodd am y dynion, ond doedden nhw ddim ar y mynydd. "Bob, cym bei, Bob, Lass, saf fan'na. Awê, Lass."

Daeth y cŵn yn eu blaenau a chasglodd y defaid yn un haid. Roedd y cŵn ar linell gam, a chyrn y llinell yn pwyntio i fyny am y mynydd. Cyrhaeddodd y cŵn y defaid. "Awê, awê, awê. Ben. Awê. Bob, Bob, Bob." Dilynodd y chiwbanu yn siarp a brysiog. Hedfanodd y cŵn heibio i'r defaid, eu hanwybyddu, tynnodd cyrn y llinell am i mewn, gan bwyntio at Dap Nyth yr Eryr.

"Awê, Ben. 'Na fo. Cym bei, Lass."

Edrychodd y tu ôl iddo. Doedd dim defaid ar y top.

"Bob, saf, Bob. Cym bei, Ben, cym bei. Saf Lass, saf. Lass."

Daeth y cŵn am Dap Nyth yr Eryr. Roedd eu tafodau'n

167

llaes oherwydd y dringo, ond dod wnaethon nhw, a phan oedden nhw'n agos, dechreuodd pob un gripian â'u stumogau yn agos at y ddaear. Roedden nhw'n symud mewn hyrddiadau sydyn, eu llygaid wedi'u hoelio arno.

Allai o ddim gwylio bob un ar yr un pryd.

Symudodd y cŵn heibio Tap Nyth yr Eryr, gan droi, gorwedd, ac yna saethu ato o bob cyfeiriad. Pan wynebai gi byddai'n stopio'n stond, a dau arall yn cripian yn nes, a stopio'n stond pan fyddai'n edrych arnyn nhw, a'r cyntaf yn cripian tuag ato.

"Cerwch o 'ma!"

Chwifiodd ei freichiau.

"Ben. Ci da, Ben. Saf, Ben."

Ci â llygaid gwynion gyrhaeddodd o'n gyntaf, i mewn gyda brathiad sydyn i'w ffêr ac i ffwrdd ag o. Rhedodd i'w gicio, ond brathodd dannedd eraill cefn ei goes.

"Lass, Lass, Lass, awê, Lass."

"Heliwch eich bali cŵn o 'ma!"

Ond aeth ei lais i mewn i gwmwl a chael ei wasgaru gan y gwynt dros fwsogl y mawn.

Rhuthrodd dau gi arno, a syrthiodd i lawr o Dap Nyth yr Eryr ar y glaswellt serth a llithrodd am ugain llath, awyr, dannedd, mynydd a thafodau'n chwyrlïo, ac yna roedd ar ei draed a'i bwysau ei hun yn ei gario i lawr, ac roedd y chwibanu'n uwch, ond roedd y cŵn yn fud – rhuthr, stop, stumog yn isel, rhuthr, brathiad ac awê.

"Da, Ben. Ty'd, Lass. Ben, ci da, Ben. Da, Bob."

O'r glaswellt i'r sgri a'r rhedyn, a glaswellt eto a thros nentydd, cafodd ei hel ganddyn nhw. Os byddai'n taflu cerrig atyn nhw bydden nhw'n sgyrnygu a'i frathu'n fwy ciaidd. Rhedodd, syrthiodd, rhedodd fil o droedfeddi i lawr i'r afon, ond roedden nhw'n gwrthod gadael llonydd. Daeth yr un dyn i'r golwg, ond roedd eu gweiddi a'u chwibanu yn agos yn y stingoedd. Cerddodd y cŵn i fyny'r ffordd, gan gamu'n uchel ac araf, eu gwefusau wedi'u tynnu'n ôl yn goch, yn ôl, yn ôl i'r dreif blaen – a'i adael. Cododd pob un ei goes wrth bolyn y giât, a phrancio'n ôl i'r ddôl.

"Da, Ben. Da iawn, Lass. Da, Ben. Ty'd yma, yma, yma. Da, Ben."

Pwy ddywedodd wrthyn nhw? Pwy ddywedodd 'mod i'n mynd? Pwy ddywedodd? Pwy oedd yn gwybod?

Roedd o eisiau cysgu. Yn sydyn y cwbl roedd o ei eisiau oedd cysgu.

Cysgu: bwyd: bwyta. Pwy wyddai nad o'n i'n dod 'nôl? Dydyn nhw ddim isio fi. Be maen nhw isio? Wnaethon nhw ddim gyrru'r cŵn – cyn – pan wnaethon ni – fi – fyny: o'r blaen. Pwy ddywedodd? Pwy?

PENNOD 22

"Fan'na dach chi," meddai Clive. "Dwi wedi bod yn chwilio amdanoch chi."

"Aros eiliad, Dad," meddai Roger. Tynnodd ei benelin yn ôl a lledu ei fysedd dros y defnydd gwyrdd. Wrth iddo wthio'r ciw ymlaen, dywedodd Alison, "Helô, Clive."

Adlamodd y ciw oddi ar y bêl biliards.

"Wnest ti neud hynna ar bwrpas," meddai Roger. "Amharu ar fy nghanolbwyntio i."

"Naddo, wnaeth hi ddim," meddai Clive. "Dy fai di oedd o. Ciw ydi o, nid si-sô. Edrycha arna i. Mae'r ciw yn symud yn hawdd: 'nôl a 'mlaen ... un, dau: un, dau: yn lefel. Paid â chodi'i din o, a—"

Chwaraeodd bump trawiad dwbl mewn rhes, ac yna potio'r goch.

"Clive, ti'n wych," meddai Alison.

"Arwydd o ieuenctid ffôl, medden nhw."

"Pam oeddet ti'n chwilio amdanon ni?" meddai Roger.

"Ym – ie," meddai Clive. "Troediwch yn ofalus dros y diwrnod neu ddau nesa, os gallwch chi."

"Be 'dan ni fod wedi'i neud?" meddai Roger.

"Dim bwys o gwbl gen i. Ond nes bydd ei mawrhydi wedi ildio'i gorsedd mae pethau'n reit fregus."

"Be ddigwyddodd?" meddai Alison.

"Dim byd. Mae hi'n cadw at y rheolau, dyna i gyd."

"Dwi'm yn dallt," meddai Alison.

"Mae'r hen Nansi wedi cwyno wrth Margaret mai hi sy'n rheoli'r gegin nes bydd hi wedi mynd drwy'r drws. Felly dim saffaris, ie?"

"Dad, wyt ti'n teimlo'n iawn?"

"Mae hi'n deud bod rhywun wedi bachu pob briwsionyn o gaws a bara oddi yno."

"Ddim fi wnaeth," meddai Roger.

"Na fi," meddai Alison.

"Dydi o'n poeni dim arna i," meddai Clive. "Brynwn ni fwy fory. Ond cadw'n pennau'n isel dros y dyddiau nesa 'ma, ia?"

"Na," meddai Roger. "Sgen i'm byd i'w guddio."

"Wir i ti, Clive," meddai Alison.

"O? Wel, dyna fo 'ta."

"Y snichyn dwylo blewog 'na mae'n ei lusgo o gwmpas efo hi ydi o," meddai Roger.

"Gwyn fydd o," meddai Alison. "Dwi'n gwbod ei fod o ... yn cymryd pethau."

"Ydi o?" meddai Roger. "Aros funud 'ta. Wyt ti wedi benthyg fy anorac i?"

"Naddo," meddai Alison.

"Sylwais i nad oedd hi yn y stafell gotiau pan ddaethon ni drwadd. Os ydi o wedi'i bachu hi mi fala i ei ben o'n rhacs."

"Gad o," meddai Clive. "Bydd o wedi mynd y diwrnod ar ôl fory. Does dim pwynt gneud ffys. Dach chi'n dod i swper?"

"Ydan. Mae 'na rywbeth arall fetia i sofren ei fod wedi'i

ffendio," meddai Roger, ac ar eu ffordd allan o'r stafell gotiau cododd gaead bocs cetris wrth y fasged coed tân. "Mae o wedi hefyd! Dad! Mae o wedi dwyn fy sgidiau cerdded mynydd i!"

"Ga i air efo fo heno," meddai Clive.

"Ga i fwy na gair," meddai Roger.

"Cadw draw fyddwn i. Dim gwerth y ffys."

"Rhag ofn i ni ypsetio rhywun?" meddai Roger. "Mi geith hi jest ypsetio. Dwi'n siŵr y gwnawn ni fyw hebddi."

"Rŵan callia," meddai Clive.

"A losgodd ei fysedd a ochel y tân ydi'ch moto chi, yndê, Dad?"

"Iawn," meddai Clive. "Fyny'r staer 'na. Os wyt ti'n penderfynu dy fod ti'n ffit i swpera efo'r gweddill ohonan ni, gwna'n siŵr dy fod ti'n barod erbyn y gloch ginio. Mae'n bryd o fwyd gwaraidd. Fyddwn ni ddim yn disgwyl unrhyw blant bach annifyr sydd ddim wedi dysgu be ydi cwrteisi."

"Yn naturiol, fy Nhad," meddai Roger. "Noswaith dda."

"Ddrwg gen i am hynna," meddai Clive. "Mi wneith o ymddiheuro."

"Dydi o'm bwys, Clive," meddai Alison.

"Gwranda, 'ngeneth i, fi sy'n deud os ydi o o bwys neu beidio. Gad i ni ddallt ein gilydd yn fan'na, ia?"

"Esgusodwch fi."

Cnociodd Huw Hanerob ar y drws agored.

"Ia, be sy?"

"Esgusodwch fi am ofyn," meddai Huw. "Ydi'r cog yma?"

"Cog? Bachgen? Pa un? Gwyn?"

"Mae hynna'n gywir, syr."

"Siŵr o fod."

"Roedden ni'n dod â fo lawr pnawn 'ma, ac ro'n i'n meddwl tybed ydi o yma rŵan."

"Dwi'n meddwl efallai ei fod o wedi mynd am dro," meddai Alison.

"O. Do?"

"Mae o wedi benthyg sgidiau cerdded mynydd Roger."

"A-ha," meddai Huw.

"Y tro dwytha i mi ei weld o," meddai Clive, "roedd o'n cysgu i lawr ar y dreif 'na ar ôl te. Feddyliais i ei fod o'n sâl i gychwyn, ond chwyrnu'n braf roedd o – cysgu'n sownd."

"Ia, syr."

"A tra wyt ti yma," meddai Clive, "fyddet ti ddim yn gallu dod o hyd i wraig cadw tŷ arall i ni, dicini?"

"Ydi hi ddim yn un dda?" meddai Huw. "Mae'n ddrwg iawn gen i am hynny."

"Mae hi wedi rhoi ei notis i ni. Wnaeth hi ddim sôn? Maen nhw'n gadael y diwrnod ar ôl fory."

"Dydi hi ddim yn siarad efo fi," meddai Huw.

"Ond oes 'na rywun arall, Hanerob?"

"Nagoes, syr. Esgusodwch fi yn awr. Rhaid i mi fyned i weithio."

"Gweithio?" meddai Clive. "Yr adeg yma o'r nos? Fyddi di ddim yn stopio, dwed?"

"Ia, syr. Esgusodwch fi, pryd mae hi'n myned, y diwrnod hwnnw?"

"Ar ôl brecwast."

"Ar ôl brecwast," meddai Huw. "Wel, wel, syr."

"Edrycha rŵan, Hanerob," meddai Clive, "mae'n rhaid i ti ddallt bod yr holl weithio goramser 'ma i fyny i ti'n llwyr. Os wyt ti'n meddwl y gelli di droi 'mraich i i roi mwy o gyflog i ti, gei di anghofio fo."

"Na, syr," meddai Huw. Cerddodd i ffwrdd. "Na, na, ddim o gwbl. Gorfod mynd i helpu fy ewythr i orffen rhywbeth ydw i. Nos da, syr. Nos da, foneddiges."

"Yyyy," meddai Clive. "Mae'r bobl 'ma'n fy ngyrru i'n wirion. Mae o'r un fath mewn busnes. Dwyt ti byth yn gwbod lle rwyt ti efo nhw, chei di byth ateb call. Dwyt ti byth yn siŵr ai bod yn gwrtais neu'n goeglyd maen nhw."

"Oer," meddai Alison.

"Y? Be?"

"Oer – fel penwaig cochion."

PENNOD 23

Eisteddodd y tu ôl i berth drain yn uchel yn y cwm, yn disgwyl iddi nosi. Gallai rhan gyntaf y ddringfa i'r creigiau gael ei gweld o'r ffermydd. Bwytaodd ychydig o'r caws a chwpanu dŵr y nant i'w ddwylo. Roedd yn gwisgo ei ddau grys, ei siwmper ar ben rheiny, a'r anorac, ac roedd gwaelodion ei ddau bâr o drowsus wedi'u stwffio i mewn i'w sanau.

Mae'r esgidiau 'ma'n braf.

Roedd o wedi cadw'n isel ar hyd y nant, ac yn dawel, a doedd o ddim wedi gweld unrhyw gŵn na chlywed lleisiau, a doedd neb wedi chwibanu. Hyd yma roedd wedi bod yn hawdd, ond rŵan roedd yn rhaid iddo ddringo'r Ogof Ddu ac roedd sŵn y dŵr yn ei ddyrnu.

Roedd hi'n ddigon tywyll i symud. Doedd hi prin wedi glawio ers wythnosau, ac roedd y sianeli dŵr yn llac, fel ei fod yn gallu dringo rhwng llechi rhydd y clogwyni ac ewyn y dŵr.

Y clogwyni a'r sgri – argol, mae llwynogod yn gwybod be maen nhw'n ei neud.

Dringodd yr edau denau o graig, wedi'i llyfnu a'i thyllu gan raeadrau. O boptu iddo codai bwtresi pydredig yr Ogof Ddu uwch ei ben a disgyn oddi tano.

Gorffwysodd ar garreg wastad, ei draed yn hongian dros yr ochr. Gallai weld lampau yn y tai.

Cyfforddus lawr fan'na, yndach? Allwch chi mo 'nghyffwrdd i. Dwi wedi cael digon ohonoch chi.

Bwytaodd ychydig, a dringo eto. Roedd top yr Ogof Ddu yn dechrau dangos, hollt yn erbyn yr awyr, ac yna diflannodd eto wrth iddo ddod yn agos at nant o dan raeadr – ugain llath, a dim gobaith dringo oni bai ei fod yn symud draw at y graig. Roedd y bwtresi'n rhwystro'r dŵr.

Sut mae llwynogod yn ei wneud o?

Doedd y bwtres ddim yn codi'n gwbl syth, a gwelodd sut y gallai anifail redeg i fyny. Byddai'r wyneb yn dal yn ddigon hir.

Ond dwyt ti'm yn llwynog, mêt.

Rhedodd at y siâl, a llwyddodd nerth ei grafangu i'w gario dros hanner ffordd. Wedyn aeth yn sownd. Roedd ei goesau a'i freichiau ar led ar y bwtres. Roedd bodiau ei draed yn tyrchu i mewn i'r baw a'i fysedd yn bachu'n ddwfn. Roedd ei ben wedi'i droi i'r ochr. Edrychodd i lawr drwy gornel un llygad.

Dau gan troedfedd? Oes gen i obaith? Sglefrio? Fel bali gratiwr caws.

Tynnodd ei ddwylo beli o glai allan o'r wyneb, ac roedd yr esgidiau yn mynd yn bellach i ffwrdd o'i gilydd.

Disgleiriodd y lampau arno o'r cwm.

Llusgodd ei ben i fyny. Roedd slabyn y rhaeadr yn llai na dwywaith ei daldra uwch ei ben, ond roedd o wedi ymestyn yn llwyr, a dim byd i wthio yn ei erbyn.

Pam wyt ti'n poeni? Deg eiliad ac mi fyddi di ar y silff 'na, neu fyddi di ddim. Mi fydd dy ddwylo di'n cydio, neu fyddan nhw ddim. Be ydi dy broblem di? Mi fydd yn hawdd fel baw. Un. Dau. Tri. Hyp!

Saethodd o'r slabyn i ben y rhaeadr. Lle roedd ei ddwylo a'i draed wedi cyffwrdd doedd dim i gydio ynddo, dim ond rhychau yn y siâl.

Safodd ar yr ochr a rhowlio cerrig i weld sut y byddai wedi disgyn o'r bwtres, wedyn taflodd gerrig at y tŷ. Roedd o dros filltir i ffwrdd, ond cyn iddyn nhw ddisgyn i'r creigiau cododd y cerrig mewn bwa uchel ac edrych fel petaen nhw am gyrraedd.

Rhyfedd be fedri di ei neud pan ti'n trio – fel taswn i'n poeni'r un iot.

Trodd i ffwrdd o'r dyffryn, a dringo. Roedd o'n agos at gopa'r Ogof Ddu, a chollodd y dŵr ei ffyrnigrwydd, a chyn bo hir byddai'n cyrraedd y torlannau mawn, ac o fan'no byddai'n cyrraedd y creigiau oedd yn nodi'r fan lle bu farw rhyw ferched mewn storm o eira, ac wedyn byddai wrth linell y llechi, ben i lawr yn y mwsogl, oedd yn pwyntio dros y mynydd i'r cwm nesaf. O'r cwm hwnnw byddai'n gallu cyrraedd y ffordd fawr, bodio lifft, a bod yn Aberystwyth y bore wedyn.

Cafn dwfn o garreg oedd copa'r Ogof Ddu, yn rhedeg i mewn i'r gwastadedd. Y tu ôl iddo syrthiai y creigiau i'r cwm a'r goleuadau, ac uwch ei ben roedd capiau glaswellt y bwtres yn dal dafnau olaf y dydd.

Camodd yn ofalus, gan ei fod eisiau cadw mor sych â phosib, ond roedd y cafn yn llawn cerrig mawrion, a phan symudodd un ohonyn nhw dan ei draed a sgrechian, codi a dod amdano, crafangodd yn ôl i fyny'r wal siâl ac anghofio am ei draed gwlyb.

Roedd o wedi sathru ar yr hwch ddu. Gwichiodd yr hwch wrth iddi ymestyn i'w gyrraedd. Allai hi ddim codi allan o'r twll lle roedd hi wedi bod yn gorweddian, ond roedd o wedi dechrau llithro'n ôl i lawr at y geg oedd yn llowcio a bochio'r siâl oedd yn disgyn yn gawod i lawr o lle roedd o'n gwneud ei orau i beidio â disgyn. Roedd ei phen hi ar ei hochr, y dannedd fel poteli gwydr wedi malu.

Y brathiad gwaetha gei di. Tynnu lwmp cyfan allan. Weli di ddim llawer o Aber os geith hi afael ynot ti.

Chwipiodd ei law yn erbyn rhywbeth cadarn. Trodd yn sydyn a chydio ynddo – gwraidd coeden. Siglodd ei hun yn glir o'r cafn, gan hongian yn rhydd, a chicio'i goesau i fyny at y bonyn oedd yn tyfu wysg ei ochr o'r graig. Gorweddodd dros y bonyn a gwylio'r hwch.

Os eith hi i fyny'r ffos at y llwybr defaid 'na bydd hi'n gallu 'nghael i o'r ochr. Sa well i mi symud, beryg.

Roedd yr hwch wedi rhoi'r gorau i wichian ac wrthi'n chwilota, ei sŵn wedi'i guddio gan y dŵr. A'i chorff wedi'i guddio gan y tywyllwch. Ambell roch neu sblash neu fflach o ddannedd oedd y cwbl a ddangosai lle roedd hi, a doedd dim yn dod o'r un lle ddwywaith. Dringodd i mewn i ganghennau'r goeden.

Wel, dyna fi am y noson. Ty'd 'laen, angau, e? Rŵan: golau dydd erbyn pedwar: dros y top ac i mewn i'r cwm nesa erbyn saith: ffordd fawr erbyn deg. Damia Gareth Pugh. Dim bwys, ddylwn i fod yn glir o Aber cyn iddi fedru mynd 'nôl, hyd yn oed os bydd hi wedi dallt.

Bwytaodd fwy o fwyd, a gosod ei hun ar y goeden. Daeth o hyd i gwmpawd a chwiban ar linyn ym mhoced yr anorac. Gwnaeth sling o amgylch cangen gyda'r llinyn a gwthio ei fraich drwyddo hyd at yr ysgwydd. Wedyn gwasgodd ei hun rhwng y bonyn a dryswch o ganghennau.

Roedd hi'n noson gynnes, ac roedd ganddo gysgod rhag y gwynt, ond allai o ddim cysgu am fwy nag ychydig funudau ar y tro. Roedd o'n oer ac wedi cyffio. Doedd ganddo ddim wats, ond roedd safle'r lleuad yn dweud wrtho pa mor fyr fu pob cyfnod o gwsg.

Diffoddwyd y lampau yn y cwm.

Cyfnod o bendwmpian, yna crynu, yna pendwmpian, yna bwytaodd y darnau olaf o fwyd a phendwmpian eto.

Deffrodd. Roedd o'n oer at yr asgwrn, ac roedd ei ben wedi syrthio'n ôl dros gangen, felly pan agorodd ei lygaid roedd yn edrych ar ymyl y gwastadedd dri deg troedfedd uwch ei ben. Roedd y llinyn wedi gwneud ei fraich yn ddiffrwyth, ac roedd y fraich arall yn gorwedd dros ei frest, y bysedd wedi bachu yn y sling. Roedd ei war wedi cyffio. Roedd dyn ar y gwastadedd.

Cerddodd y dyn ar hyd ymyl y cafn i gyfeiriad y torlannau mawn.

Nhw a'u cŵn, ia? Bydd 'na le 'ma os sathran nhw ar yr hwch 'na. Rhyngthyn nhw a'u potes. Affliw o bwys gen i.

Daeth o hyd i safle newydd yn y canghennau i ystwytho'i fraich. Roedd y tywyllwch yn mynd a dod gyda'r cymylau dros y lleuad, a'r dŵr yn cloncian y cerrig, ond daliai i wylio.

Gwelodd y sgri yn symud cyn clywed unrhyw newid yn

sŵn y nant: trawodd pentwr o gerrig mân y dŵr lle roedd wedi hel yn bwll. Cododd y swigod fel blodau arian.

Roedd y llwybr defaid yn cyffwrdd y sgri fan yna, yn dilyn tro yn y nant ac yn croesi'r gwreiddiau oddi tano. Gwyliodd y llwybr wrth y tro.

Defaid? Yr hen hwch 'na?

Ond gallai glywed sŵn newydd, yn agos iawn, wedi'i dorri gan y dŵr, ond gallai ei glywed, ac aeth ymlaen ac ymlaen – llais, yn hymian, yn mwmian, prin yn eiriau, ond roedd o'n fath o gân.

Symudodd ei ben i graffu drwy'r canghennau. Roedd y dyn yn eistedd wrth droed y goeden.

Iechyd! Be rŵan?

Daeth y dyn i ddiwedd ei gân, ond wnaeth o ddim gadael. Eisteddai gan chwifio'i goesau uwch ben y nant, a gwthio'i gap yn ôl ar ei ben.

"Noson braf, tydi?"

Sychodd ei drwyn ar ei lawes.

"Noson braf," meddai eto. "Ydi, braf iawn. Am yr adeg o'r flwyddyn."

Pennod 24

"Ydi, mae hi'n noson braf iawn," meddai Huw.

"Gadewch lonydd i mi."

"Ty'd i lawr rŵan, fachgien."

"Dwi'n iawn fan hyn."

"Mae d'angen di."

"Does 'na neb fy angen i, a does gen i angen dim."

"Yna rwyt ti'n lwcus iawn," meddai Huw. "Be wnei di efo dy holl gyfoeth?"

"Dwi'n mynd o 'ma. Yr adeg yma fory bydda i yn Birmingham, a dyna'r ola welwch chi ohona i."

"Mae d'angen di 'nôl yn y tŷ. Mae hi bron yn amser."

"Gadewch lonydd i mi. Dwi wedi cael digon. Ysbrydion neu be bynnag ydyn nhw, gewch chi eu cadw nhw."

"Wnei di ddim rhedeg i ffwrdd," meddai Huw. "Rwyt ti'n hidio gormod."

"Dwi'n hidio dim am ddim. Bron i mi gwympo oddi ar y clogwyn 'na, ac mi wnes i sathru ar hwch Gareth Pugh, a doedd dim llwchyn o bwys gen i. Dyna faint dwi'n hidio. Ac mae isio i chi gadw'ch llygaid ar agor am yr hwch 'na – mae ganddi set o ddannedd go beryg."

"Dim ond dy rwystro di rhag gadael y cwm roedd hi," meddai Huw.

"Tewch â sôn!"

"Yr Ogof Ddu ydi hi bob tro," meddai Huw, "ond est ti i'r cyfeiriad anghywir pnawn 'ma, a bu'n rhaid i ni ddefnyddio'r cŵn i dy hel di'n ôl."

"Peidiwch â malu."

"Mi falaf i fwy," meddai Huw, "wedyn doi di i lawr. Rydw i wedi cael llond bol o dy giamocs plentynnaidd di."

"Diolch!"

"Croeso, tad," meddai Huw. "Wyt ti wedi bod yn meddwl sut dois i o hyd i ti'n syth?"

"Naddo."

"Fan hyn fyddwn ni'n dod," meddai Huw. "Dyma'r lle."

"Ddois i yma i osgoi'r cŵn, a dwi yn y goeden 'ma am 'mod i ddim isio sathru ar fwy o foch yn y tywyllwch. Os dach chi isio gneud rhywbeth o hynny, rhyngoch chi a'ch potes."

Croesodd Huw y nant a thynnu ei hun i fyny ar silff ar ochr arall y cafn. "Rŵan," meddai. "Rwyt ti'n ddiogel. Mi fedri di redeg yn ôl i fyny'r goeden os bydda i'n symud, 'ngwas bach i. Ty'd i lawr ac mi ddangosa i'r cyfle i ti. I lawr i droed y goeden. Fan'na. Estynna i mewn i'r hollt lle mae'r gwraidd yn tyfu. Rhaid i ti roi dy fraich i mewn yn ddwfn."

"Does 'na'm byd yna."

"Teimla i un ochr," meddai Huw. "Gan bwyll, gan bwyll. Tynna dy law allan – wel?"

"Mister Huw, mae'n ddrwg gen i," meddai Gwyn.

Roedd o'n dal gwaywffon yng nghledr ei law. Roedd hi wedi'i gwneud o fflint, ac mor denau fel y disgleiriai'r lleuad drwyddi, a'r ôl treulio ar ei hwyneb yn ei gwneud yn ddeilen wedi'i cherflunio o olau a charreg.

"Hon oedd y waywffon," meddai Gwyn.

"Cymerodd flwyddyn iddo'i gneud hi," meddai Huw. "Gronw Pebr, Arglwydd Penllyn."

"Mae'n hŷn na hynna," meddai Gwyn. "Mae'n ofnadwy o hen."

"Roedd o amser maith yn ôl," meddai Huw.

Gwthiodd Gwyn ei fraich yn ôl i mewn i'r hollt. Yn y pen pellaf un, ar ongl sgwâr, roedd 'na bant gyda nifer o bethau yn gorwedd ynddo. Chwalodd y rhan fwyaf ohonyn nhw'n ddarnau cyn iddo fedru eu tynnu allan: lledr, pren, neu ddefnydd, a'r cyfan wedi pydru yn y gwlybaniaeth.

Gosododd garreg wrth ymyl y fflint. Roedd yn belen o garreg wen yr un maint â'i ddwrn gydag wyneb wedi'i gerfio arni. Dim ond dwy ael syml fel siâp pen caib, yn troi'n drwyn byr neu'n big, a dau ddot fel llygaid. Daeth o hyd i'r un patrwm drosodd a throsodd ar nifer o'r pethau eraill, ar fariau, ar gerrig crynion ac ar gylch o lechen gyda thwll ynddi i'w gwisgo ar gordyn am y gwddf. Rhythai'r wyneb arno, wyneb dynol neu aderyn: roedd hi'n amhosib dweud pa un.

"Ers pryd mae hyn yn digwydd?" meddai Gwyn. Cydiodd mewn darnau rhydlyd o ddager yn dal yn ei gwain.

"Anodd dweud. Ond mae'n rhaid i ni sydd o'r gwaed ei gyfarfod yn ein hamser, ac rydan ni'n dod â'r hyn sydd gennym fan hyn."

"Do'n i ddim yn dallt," meddai Gwyn. "Dwi wedi fferru i gyd tu mewn i mi."

"Mi wn," meddai Huw.

"Ro'n i'n teimlo y gallwn i chwythu'r tŷ yn ufflon dim ond wrth edrych arno fo."

"Efallai y gallet ti," meddai Huw. "Fan hyn, yn y cwm yma, rŵan. Dyna sut mae'r nerth yn gweithio. Drwyddon ni, oddi mewn i ni, y tri sy'n dioddef bob tro."

"Ond pam, Huw?"

"Oherwydd i ni roi'r gallu i feddwl i'r nerth hwn. Rhaid i ni gadw hynny mewn cof – ei ffrwyno, ond eto ei ryddhau, drwyddon ni, oddi mewn i ni, fel na fydd unrhyw un arall yn gorfod dioddef."

"Be sy'n mynd i ddigwydd?"

"Wn i ddim. Mae hi yma – y ferch – ac rydach chi wedi gneud ei thylluanod hi. Bydd hi'n mynd i hela. Ond paid â gadael iddi ddifa. Bydd hi'n waeth o fy herwydd i, a fy ewyrth a fy nhaid, a geisiodd rwystro'r hyn na ellir ei rwystro – fo gyda'r peintio, fo gyda'r platiau. Mi godon ni'r clawdd o dywod, ac ennill 'chydig o ofod."

"Felly rydan ni yn y llanast 'ma oherwydd i chi neud y llanast."

"Ydan."

"Sut?"

"O, mae'n stori hir, ac rydan ni wedi diodde o'i herwydd, yn union fel tasen ni wedi'i wynebu ar y pryd."

"Pwy ydi 'ni'?" meddai Gwyn.

"Fi, dy fam, fo."

"Mam?"

Gwenodd Huw. "Dwyt ti ddim yn ei nabod hi. Roedd hi'n ifanc ac yn dlos. Doedd neb tebyg i Nansi."

"Be? Hi!"

"Cymaint o ddrwg wedi'i neud drwy gymaint o wendid," meddai Huw. "Rhaid i ti fod yn gryf."

"Ond fy mam i!"

"Hi oedd awel Ebrill."

Dechreuodd Gwyn roi'r pethau'n ôl yn y graig.

"Huw – ga i fynd â rhai?"

"Oes gen ti rai i'w gadael ar ôl?"

"Oes."

"Ar hyn o bryd, ti pia'r cwbl."

Cododd Gwyn y llechen denau gyda'r patrwm llygaid arni. Tynnodd focs cardbord o boced yr anorac a gwagio'r dylluan gragen i'w law. Wrth iddo ymestyn i roi'r dylluan drws nesaf i'r pen gwaywffon fflint yn y graig, disgleiriodd y geiriau 'Greetings from the Land of Song' am eiliad cyn iddo ei gwthio rownd y tro yn y graig.

Dododd Gwyn y llechen yn y bocs.

"Wnewch chi roi hwn i Alison fory?"

"Dyro di fo iddi, 'ngwas i."

"Alla i ddim. Plis, Huw."

"Ty'd 'laen, mae'n well i ti ei roi."

"Na. Dwedwch mai gen i mae o."

"Dyro di o iddi."

"Alla i ddim. Does 'na'm pwynt. Alla i ddim, Huw."

"Dim ond ei roi iddi, dyna i gyd?"

"Dwedwch mai gen i mae o."

Cuddiodd Gwyn y darnau olaf. Teimlodd ym mhen draw'r pant. "Fan hyn. Mae 'na rywbeth arall. Mae gynnoch chi freichiau hir – trïwch chi."

"Nid dyma f'amser i i chwilio," meddai Huw.

"O, dowch 'laen, ddyn."

"Na, na, gyffyrdda i mo'no fo."

"Dim bwys. Dwi'n meddwl 'mod i … wedi'i gael o!"

Agorodd Gwyn ei ddwrn a'i ddal i fyny at y lleuad.

"Be ydi'r rhain? Darnau o – be? – rwber? Be maen nhw'n neud yma? Rwber? 'Di hwnnw ddim yn hen. Maen nhw'n edrych fel – blociau brêcs! Huw! Chi pia'r rhain? Argol fawr, chi wnaeth o? Chi laddodd Bertram?"

"Cadwa nhw oddi wrtha i! Cadwa nhw oddi wrtha i! Fo ydi cigfran ddu fy modolaeth! Cadwa nhw oddi wrtha i!"

"Ddywedodd Mam—"

"Do'n i ddim wedi bwriadu," meddai Huw. "Doedd o byth yn mynd â'r hen feic 'na allan o'r gerddi. Fyny a lawr, dreif ffrynt i'r dreif cefn, dyna'r cwbl fyddai o'n ei neud. Wedyn gyrrodd fel 'mod i'n gorfod neidio pan ro'n i'n gweithio ar y dreif, ac roedd Nansi gynno fo, ac mi wnes i feddwl y byddwn i'n dangos iddo fo sut deimlad ydi glanio mewn rhododendrons, felly tynnais y blociau. Wnaeth o ddim deud ei fod o'n mynd i fyny'r bwlch. Wyddwn i ddim! Ond dylwn i fod wedi gwbod. Allen ni ddim dianc, er i mi roi *pebble-dash* drosti yn y safell biliards, a'i chuddio yn y garat, ac mi wnaeth o, hyd yn oed, y creadur, neud yr hyn roedd o'n meddwl fyddai orau."

"Be oedd hynny?"

"Ei saethu hi."

"Ei saethu hi? Sut allai o? Rydach chi mor wallgo ag y maen nhw'n ddeud!"

Daeth Huw i lawr at Gwyn a chydio yn ei fraich.

"Rhaid i arglwydd ofalu am ei bobl. Gwnes i eu siomi yn fy amser i, a chawson ni ein difa'r un fath. Rhaid i ti beidio â methu rŵan. Mae hi'n ofnadwy yn ei hunigrwydd a'i phoen. Ynot ti mae gwaed arglwydd y cwm rŵan."

"Dach chi'n siŵr, gyfaill?" meddai Gwyn. "Mae'n swnio fel joc sâl iawn o fan'ma."

"Na, na," meddai Huw, wrth i'w lygaid archwilio wyneb Gwyn. "Ti ydi'r etifedd."

"Etifedd? Gair da 'di hwnna, 'de!" meddai Gwyn. "Be dwi wedi'i etifeddu 'ta? Peidiwch â deud! Dyma'r cwbl wela i o fy nhad! Dwi wedi etifeddu rhywbeth yn bendant – cwpwl o flociau brêcs!"

"Na, na, fachgien, rwyt ti'n anghywir. Rwyt ti'n arglwydd y cwm ar fy ôl i. Does 'na'm dwywaith. Fi ydi dy dad di. Wyddet ti ddim?"

Ysgydwodd Gwyn ei ben. "Ddywedodd hi 'rioed, Huw. 'Rioed. Ac mi wnaeth hi hynna i chi? Hi wnaeth hynna?"

"Fy niwedd i oedd o," meddai Huw.

PENNOD 25

Roedd y glaw yn disgyn yn unionsyth, heb wynt, ond yn y tŷ doedd dim modd ei glywed heblaw ar ffenest do'r gegin.

"Rhaid i ni beidio â chwyno, decini," meddai Clive. "Rydan ni wedi'i chael hi'n reit dda. Mi faswn i'n aros yn y gwely bore 'ma – dwyt ti'm yn colli llawer."

"Dwi wir yn well," meddai Alison. "Mami sy'n ffysian. Mi goda i pan fyddi di wedi mynd."

"Roedd gen ti andros o dymheredd neithiwr," meddai Clive. "Paid â'i gor-wneud hi."

"Wna i ddim, ond mi wna i addurn bwrdd gwych i chi ar gyfer swper heno."

"Da'r hogan," meddai Clive. "Twdlŵ, 'ta."

Aeth i lawr y grisiau. Roedd Roger yn eistedd ar y bocs bwledi yn y stafell gotiau ac yn crafu llaid allan o wadnau ei esgidiau gyda sgriwdreifar.

"Gwlyb domen," meddai Roger. "Doedd gynno fo ddim hyd yn oed y cwrteisi i'w glanhau nhw. A sbia ar fy anorac i. Mae'n gacen. Be ar y ddaear fuodd o'n ei neud?"

"Gad o i mi," meddai Clive, "Be ydi dy faint di?"

"'Sdim rhaid i ti brynu rhai newydd, oni bai ei fod o'n gneud i ti deimlo'n well," meddai Roger.

Gwisgodd Clive ei gôt law. "Rho'r gorau iddi. Ti'n gwbod nad ydan ni'n cario'n cwerylau o un diwrnod i'r nesa. Llechen lân bob bore, yndê?"

"Ti ydi'r bòs," meddai Roger. "Sut mae Ali?"

"Siort ora," meddai Clive. "Rhywbeth dros dro oedd o. Bydd hi'n codi cyn gynted ag — ym."

"— ag y bydd neb o gwmpas?" meddai Roger.

"Aros di," meddai Clive. "Mi ddoi di i ddallt. Mae merched yn gallu bod yn ddiawliaid bach."

"O wel," meddai Roger. "Faswn i ddim yn gwbod, na faswn? Methu barnu."

"Na, fedri di ddim."

"Dyna fo 'ta."

"Be sy'n bod rŵan eto?" meddai Clive.

"Dim byd, Dad. Cer di i siopa."

"Mi wnes i 'ngorau," meddai Clive. "Fedri di ddim gofyn am fwy na hynna. Dwi'n gobeithio y byddi di'n deall—"

"Pan fydda i'n ddigon hen," meddai Roger.

Eisteddodd Clive ar y bocs. "Be sy?"

"Dim byd, Dad."

"Poenau tyfu?"

"Asiffeta!" Taflodd Roger yr esgidiau ar draws y stafell.

"'Dan ni i gyd yn mynd drwy'r cyfnod yma," meddai Clive.

"Mae'n ddrwg gen i, Dad. Y tŷ 'ma – dwi'n teimlo y gallwn i'n hawdd roi bom dano fo."

"Pam na ddoi di efo ni, a chael diwrnod bach allan?"

"Dim diolch. Alla i ddim diodde llusgo o gwmpas y siopau 'na chwaith."

"Gweld dim bai arnat ti. Ond yli, os ydi petha mor ddrwg

â hynna awn ni adre. Isio i ni gael gwyliau ro'n i, ddim blydi chwalfa."

"Bosib mai'r tywydd ydi o," meddai Roger.

"Bosib iawn, bosib iawn. Mae'r bryniau 'ma'n bwrw cysgod dros rywun, braidd, tydyn? Wel, os nad wyt ti am ddod, gwell i mi'i throi hi, neu bydd hi'n hanner nos cyn i ni gyrraedd 'nôl."

"Iawn, Dad."

Gorffennodd Roger lanhau'r esgidiau a'u stwffio gyda phapur newydd, wedyn eisteddodd am ychydig, gan adael i'r sgriwdreifar chwifio 'nôl a 'mlaen rhwng ei figyrnau yn erbyn y bocs. Arafodd y symudiad, a dod i stop. "Wrth gwrs," meddai.

Gwisgodd ei anorac, cau'r cwfwl, a mynd allan o'r stafell gotiau i gefn y stablau. Roedd y glaw yn dyrnu'r to, a phan wrandawodd, doedd dim byd i'w glywed drwy'r drws.

Gosododd Roger ben y sgriwdreifar yn un o'r sgriws a phwyso arno. Llithrodd fymryn a disgleiriai metal gwyn drwy'r rhwd, ond symudodd, a dilynodd un sgriw un arall, ac yna crogai'r hasb o'r clo clap yn rhydd o'r drws.

Hidlai mat o we pry cop y golau ac roedd y stafell dan drwch o lwch. I ddechrau, ni welai Roger fwy na'r hyn a welodd o'r ysgol, ond pan ddaeth i arfer gyda'r tywyllwch, chwarddodd.

"Yr hen dwyllwr!"

Rhedodd yn ôl at y tŷ, ben i lawr, yn osgoi'r pyllau dŵr. Stampiodd ei draed a sgubo'r dŵr i ffwrdd yn y stafell gotiau cyn mynd at waelod y staer.

"Ali!"

"Ia?"

"Mae'r gêm ar ben, yr hen beth gastiog! Cadw fi'n y tywyllwch! Ty'd lawr i egluro dy hun!"

"Dwi'n golchi 'ngwallt."

"Ia, ia, Ali. Ty'd i ddeud wrth Yncl Roger am yr hwyl a'r miri!"

"Pam na wnei di siarad sens, Roger?"

"Rwyt ti wedi cael dy ddal gan athrylith, dyna be sy. Tydi clo clap ddim cryfach na'r sgriws ar yr hasb."

"Am be rwyt ti'n rwdlan?"

"Rho'r gorau i hel dail, a brysia! Dwi isio gwbod sut mae'n gweithio."

"Sut mae be'n gweithio?"

"Brysia, Ali! Wela i di yna."

"Ble? Roger? Ble? Dwi'm yn gwbod am be ti'n fwydro!"

"A Bubo Bubo Bubo i titha!" gwaeddodd Roger.

"Be?"

"Efo trimins!"

Saethodd Roger yn ôl i ganol y glaw ar ei ben.

Pam na wnes i feddwl am hynna? Sleifio i ffwrdd fel ei bod hi ddim yn gorfod gadael i unrhyw un arall gymryd ei dro. Am chwip o job! Edrych yn iawn – wedi cael ei hambygio fymryn. Gorfod bod yn hen fel cant. Dylai o fod mewn amgueddfa – mwy o sgwter na beic.

Pwysai'r moto-beic yn erbyn wal yn y gornel. Roedd y tanc petrol, potel dun, yn gorwedd ar blatfform tu ôl i'r sedd. Roedd yr olwynion yn fach, a'r cyrn yn edrych fel rhai beic cyffredin, gyda brêcs cêbl, a phan wasgodd Roger, doedd dim tensiwn.

Wela i. Blociau ar goll. Rŵan be 'di'r lol arall 'ma sy ganddi? Te parti tylluan?

Ynghanol y stafell safai cês gwydr yn wynebu'r drws, yn dair troedfedd o daldra, ac i mewn yn y cês roedd tylluan wedi'i stwffio. Roedd yn aderyn anferthol, a llygaid melyn a blewiach clust hirion fel cyrn yn tyfu o'i dalcen. Roedd label gyda llawygrifen wedi pylu ar y gwydr a ddarllenai: Tylluan Gorniog (Bubo Bubo Bubo) Ysbryd y Glyn: saethwyd gan getrisen Eley-Kynoch Grand Prix 12-bôr o bellter o 60 troedfedd.

Mae'r hogan yn nytar.

Roedd tylluanod papur Alison wedi'u clymu am y cês, eu pennau'n rhythu, fel petaen nhw'n gynulleidfa i'r dylluan gorniog.

Aros funud. Pwy oedd yma ddoe? Roedd Ali efo ni pan glywson ni'r sŵn 'na.

Aeth Roger ar ei gwrcwd i astudio'r tylluanod papur yn fwy manwl. Roedd pob un wedi gwneud marc gyda'i chynffon yn y llwch, a gellid dilyn y marciau hyn fel llinellau ar hyd y llawr, ac roedd y llinellau yn troi ac yn nyddu patrwm, ac roedd yn batrwm oedd â'r un cymesuredd a manyldra â llifion haearn wedi'u denu gan fagned, neu o betalau ar flodyn, a'r magned neu ganol y blodyn, lle roedd pob llinell yn cychwyn a darfod, oedd y dylluan gorniog yn ei chês gwydr.

Edrychodd Roger ar y moto-beic. Roedd wedi'i rwbio'n lân lle roedd o wedi'i gyffwrdd, ac roedd y llawr yn dangos lle roedd o wedi sefyll, a cherdded, ac roedd pob man arall yn llwch disymud ers blynyddoedd, ar wahân i ôl traed tylluan.

Aeth y stafell yn dywyll o'r tu ôl iddo. "Gan bwyll, Ali," meddai Roger. "Dwi wedi bod yn wirion. Mae 'na rywbeth o'i le yma. Ddrwg gen i. Do'n i ddim wedi gweld yn iawn. Ro'n i'n meddwl mai ti oedd wedi'i neud o. Gad i ni fynd o 'ma. Rŵan."

Roedd yr anorac yn cuddio'i ben, a bu'n rhaid iddo droi ei gorff cyfan er mwyn ei gweld hi. O'i safle ar ei gwrcwd, ni allai glywed dim, ac roedd y golau'n dangos ei bod hi'n dal i sefyll yn y drws.

"Ali. Symuda. Ali?"

Trodd ar ei ddwylo. Roedd y drws wedi'i lenwi gan ffigwr wedi'i orchuddio â dillad dal glaw. Neidiodd Roger yn ei ôl. Nansi oedd hi. Safai yno, cynfas glaw wedi'i daenu drosti, yn cydio mewn procar, ac roedd ei llygaid yn llwyd fel y llwch.

"Be wyt ti isio?" meddai Roger.

Dim ateb.

"Does gen ti'm gwaith i'w neud?" meddai Roger.

Rhuthrodd Nansi yn ei blaen a chwifio'r procar at y cês. Ffrwydrodd y gwydr, a hedfanodd y dylluan i fyny yn gwmwl o lwch lli a phlu, a chwyrlïodd Nansi'r procar yn wyllt at y modelau papur oedd yn hedfan drwy'r awyr o gwmpas y ddynes a'r aderyn marw a lenwai'r stafell a glynu yn ei dillad gwlyb a hyd yn oed ei chroen a'i gwallt.

Swatiodd Roger yn erbyn y moto-beic, ei freichiau wedi'u croesi dros ei ben i osgoi'r trawiadau, ond roedd Nansi yn ymladd gyda'r chwyrliadau llwch. Ni ddywedodd air. Yr unig synau yn y stafell oedd ei hanadlu hi, chwip y procar, a'i thraed ar bren a gwydr.

Yna baglodd hi at y drws, a Roger y tu ôl iddi, yn tagu ar y mân blu oedd wedi dal yn ei wddf. Roedd Nansi ar y lawnt, yn dal i chwipio'r awyr, a disgynnai'r glaw mewn ffyn solet o ddŵr.

PENNOD 26

Crafodd Gwyn y bowlen am y greisionen ŷd olaf. Roedd 'na fisgedi wedi malu ar y bwrdd. Doedd ei fam ddim wedi cynnig unrhyw beth arall iddo, gan ei fod mor hwyr, ac roedd yn rhyddhad pan wnaeth hi roi'r gorau i brocio'r stof a'i ddwrdio yr un pryd er mwyn clustfeinio ar y ffrae i fyny'r grisiau.

Cymerodd swig o'r botel laeth.

Bangiodd drws allan y gegin, a chlywodd ebychiad, ac yna cafodd y drws mewnol ei wthio'n agored a syrthiodd ei fam i mewn i'r gegin. Roedd hi'n rhegi ac yn waldio'r cynfas glaw oedd drosti. Roedd y procar wedi rhwygo'r defnydd ac wedi bachu yn y plygiadau ac roedd Nansi a'r cynfas yn garped o blu. Roedd y rhai oedd wedi osgoi'r glaw yn hedfan o amgylch y gegin, yn codi yng ngwres y stof.

Brwydrodd Nansi ei ffordd allan o'r cynfas a gadael iddo a'r procar ddisgyn i'r llawr. Roedd darn gwlyb o wallt yn cuddio un llygad ac yn glynu i'w cheg. Sgwriodd o, a'i llaw yn blu i gyd.

"Cer i nôl dy gôt," meddai hi.

Aeth i fyny'r staer. Gorffennodd Gwyn y llaeth, a gwylio'r plu browngoch yn lluwchio o gwmpas y gegin. Clywodd ei fam yn y fflat, a strap yn gwichian, yna dwy glec. Symudodd hi at y landing a dod i lawr y grisiau yn araf, gan lusgo rhywbeth trwm o ris i ris.

Eisteddodd Gwyn wrth y bwrdd.

Roedd hi wedi gwisgo ei macintosh, a chap glaw oedd yn clymu o dan ei gên. "Ty'd 'laen," meddai. "Caria'r cesys 'na."

"Ble 'dan ni'n mynd?" meddai Gwyn.

"Aber."

"Ond fory mae hynny."

"Cau dy geg, a gwna be dwi'n ddeud wrthat ti."

"Sut 'dan ni'n mynd?"

"Tacsi i'r stesion."

"Mae hynna'n ugain milltir. Sut dach chi'n mynd i gael tacsi?"

"Teliffon. Symuda, gog."

"Mae'r teliffon wrth y siop, ac mae'n bwrw glaw," meddai Gwyn.

"Dwi'm yn aros munud arall yma," meddai Nansi. "Cer i nôl dy gôt a'r cesys 'na neu mi gei di gweir, dim bwys pa mor fawr wyt ti."

"Mae tacsi'n ddrud," meddai Gwyn. "Be ddigwyddodd?"

"Meindia dy fusnes."

"Dwi'm yn dod," meddai Gwyn. "Gewch chi ofalu am eich cesys eich hun. Dwi'n aros efo 'nhad."

Roedd Nansi wedi gwiso ei menyg ac yn sythu'r bysedd pan siaradodd Gwyn. Cerddodd o amgylch y bwrdd, ei dwylo wedi rhewi yn y weithred o sythu bysedd.

"Be ddeudest ti?"

"Mi redodd fy nhad i ffwrdd," meddai Gwyn. "Wna i ddim. Dwi'm isio diweddu fel fo – na chi."

Saethodd braich Nansi drwy'r awyr a tharo Gwyn ar ochr ei ben. Cafodd ei daflu oddi ar y gadair gan y glec. Tynnodd Nansi ei facintosh oddi ar gefn y drws a'i daflu ato.

"Coda," meddai. "Caria'r cesys 'na."

"Pam na allech chi ofyn yn iawn y tro cynta?" meddai Gwyn. "Mi garia i'r cesys, ond gewch chi weld."

Dystiodd y plu oddi ar ei ddillad, gwisgo ei facintosh, codi'r ddau gês a mynd at y drws. "Mae'n bwrw glaw," meddai.

"Mae'r cap yn dy boced di."

"Be am i mi fynd i ffonio, a gewch chi aros yma efo'r cesys?"

"Na, dwi'm yn aros yma."

"Felly cerwch chi i ffonio, ac mi wna i aros."

"Cau hi, fachgien."

Cerddodd y ddau ar hyd y dreif. O fewn y llathenni cyntaf brathodd y gwynt i mewn i ysgwyddau Gwyn, yna ei gefn, ei goesau, ac yna roedd o drosto i gyd ac roedd o'n gyfforddus. Gwthiodd ei dafod allan i ddal y llif o'i wallt.

Doedd o erioed wedi gweld glaw yn ymledu mor amlwg yn yr awyr, a gallai deimlo'r peth yn fyw wrth iddo ddisgyn rhyngddo a'r mynyddoedd. Roedd y mynyddoedd yn dangos iddo law oedd yn filltir o led a mil o droedfeddi o uchder. Gwyliodd o'r holl ffordd i'r blwch teliffon. Brysiai Nansi i gerdded a rhedeg yr un pryd, symudiad a wnâi i'w phengliniau wegian.

Roedd hi tu mewn i'r blwch pan gyrhaeddodd Gwyn, a gwnaeth hi arwydd arno i aros gyda'r cesys. Gosododd nhw ar garreg.

Neidiai rhaeadrau at yr awyr, lle ddoe bu nentydd tamp. Meddyliodd Gwyn am yr Ogof Ddu.

Roedd Nansi'n cael trafferth. Pwysodd botwm B.

Roedd pobl yn symud yn y ffordd. Canodd cloch y siop. Cerddai dynes y tu ôl i heffer. Daeth dynion crwm gyda sachau dros eu hysgwyddau yn erbyn y glaw allan o wrychoedd a siediau. Doedd neb ar frys. Gwelodd Gwyn gi defaid gyda llygaid gwyn, a'i adnabod, ond doedd ganddo ddim diddordeb yn Gwyn, yn wahanol i'r bobl. Cyn iddo sylweddoli beth oedd yn digwydd roedd torf fechan wedi ymgasglu o amgylch y blwch teliffon.

"Helô, fachgien."

"Dy fam sy'n ffonio yn fan'na?"

"Nansi ydi honna, ia?"

"Pam ei bod hi isio'r hen ffôn yna?"

"Ble dach chi'n mynd?"

"Cesys, ia?"

"Diwrnod sobor."

"Mae'r weirles yn deud bod 'na rybudd llifogydd."

"Mynd i rywle, ydach chi?"

"Mynd yn bell?"

Roedd peth ohono yn Gymraeg a pheth yn Saesneg. Clywodd y lleisiau meddal yn mwmial, nid yn siarad gydag o, ond yn sgwrs dawel gydag o, ymysg ei gilydd.

Pwysodd Nansi botwm A.

"'Dan ni'n gadael," meddai Gwyn. "Rŵan. 'Dan ni'n mynd i Aber. Mae Mam yn ffonio am dacsi i fynd â ni i'r stesion. Dydan ni'm yn dod 'nôl. Arhoswn ni fan hyn am dacsi, ac wedyn fyddwn ni byth yn dod 'nôl. Bydd y tacsi yma mewn rhyw hanner awr.

"Tacsi?"

"O ble, sgwn i?"

"Am wast o bres."

"Wastad yn benstiff, dy fam."

"Wastad yn cael ei ffordd ei hun, yr hen Nansi."

"Tacsis, rŵan."

"Wel, wel."

Teneuodd y dorf, yna diflannu, ac aeth yr heffer yn ei blaen i fyny'r ffordd.

Agorodd Nansi y drws. "Mae'r tacsi ar ei ffordd," meddai. "Aros di fan'na a gofalu am y cesys 'na."

"Wna i aros yn y siop," meddai Gwyn.

"Wnei di ddim. Dwi'm isio ti'n gwrando ar fwy o lol. Aros di fan'na."

"Dim gwahaniaeth gen i."

"Am be oedden nhw'n mwydro jest rŵan?" meddai Nansi.

"Chi."

Ochneidiodd y drws, a'i chau i mewn. Ymarfer llenwi tyllau careiau ei esgidiau gyda'r dŵr oddi ar ei drwyn fu Gwyn nes i'r tacsi gyrraedd.

"Brysiwch," meddai'r gyrrwr. "Ugain munud arall a fyddwn ni methu mynd drwadd oherwydd yr afon."

Rhoddodd Gwyn y cesys yn y bŵt wrth i Nansi ddod allan o'r blwch teliffon a brysio am y tacsi.

"Ti'n dod hefyd, wyt ti?" meddai'r gyrrwr. "Costio mwy am seddi gwlyb."

"Ty'd 'laen," meddai Nansi.

Dechreuodd y tacsi i lawr y cwm. Wedi pasio'r bwthyn olaf suddodd Nansi i mewn i'r clustogau.

Roedd y ffordd yn gul, gyda gwrychoedd ar y ddwy ochr, a nadreddai i fyny ac i lawr wrth geisio dod o hyd i lwybr rhwng y mynyddoedd a'r afon. Roedd y tacsi wedi mynd hanner milltir pan drawodd y gyrrwr y brêcs yn galed ar gornel, gan daflu Nansi a Gwyn yn erbyn y drws.

"Callia'r ffŵl!"

Stopiodd y tacsi. Roedd coeden wedi disgyn dros y ffordd ar waelod pant, a llinellau ffôn wedi lapio fel sbringiau ar hyd y llawr. Safai dau ddyn yr ochr arall o'r gwrych.

"Helô," meddai un ohonyn nhw.

"Be uffern sy'n mynd 'mlaen yma?" meddai'r gyrrwr.

"Mi lithrodd hi fel roedden ni'n ei thorri hi. Ei gwreiddiau – y pridd wedi'i olchi i ffwrdd gan y glaw."

Aeth y gyrrwr at Nansi. "Be dach chi isio neud, Misus?"

"Cliriwch y ffordd," meddai Nansi.

"Peidiwch â bod yn hurt, Misus. P'un bynnag, erbyn i hyn i gyd gael ei glirio bydd yr afon wedi gorlifo."

"Cer yr ochr arall 'ta, dros y bwlch."

"Dros y bwlch? Mae hynna'n beryglus yn y tywydd yma. Drud."

"Cer di dros y bwlch 'na," meddai Nansi.

"Gwyliwch eich pennau," meddai'r gyrrwr. "Alla i ddim gweld drwy'r ffenest gefn, ac mae hi'n rhy gul i droi fan hyn."

Bagiodd y tacsi o amgylch y gornel – a stopio. Roedd coeden dros y ffordd.

Dringodd y gyrrwr allan, a gweiddi, ond ni ddaeth ateb, a doedd dim golwg o neb.

"Wel, Misus, dyna ni."

"Dyna ni, Mam."

Roedd llygaid Nansi'n wyllt. Cydiodd yn ei bag llaw fel petai'n disgwyl i rywun ei ddwyn, a thynnodd yn y drws er mwyn ei agor.

"Ble dach chi'n mynd, Mam?"

Sgrafangodd dros y goeden a dechrau rhedeg yn ôl am y tŷ.

"Be am bres?" gwaeddodd y gyrrwr. "Mae hyn yn cyfri fel aros!"

"Dewch â'r cesys i fyny at y tŷ pan gewch chi gyfle," meddai Gwyn.

"Welwch chi mo'r cesys 'ma nes gwela i bres," meddai'r gyrrwr. "Dwi wedi cael eich teip chi o'r blaen."

"Call iawn," meddai Gwyn. "Peidiwch ag ymddiried yn neb."

Aeth ar ôl ei fam. Doedd hi ddim wedi rhedeg yn bell. Roedd hi'n gwthio'i hun ymlaen gyda'i throtian pengliniau llac, ac wedi cyrraedd y bythynnod. Roedd y glaw yn drymach, ac ochr arall y cwm y tu ôl i gwmwl, ond ar hyd y ffordd safai pobl wrth eu giatiau a drysau eu sguboriau, ac roedd yn rhaid i Nansi eu pasio.

"Helô, Nansi."

"Fuest ti'n sydyn."

"Wedi anghofio rhywbeth, do?"

"Wedi newid dy feddwl?"

"Aberystwyth yn rhy bell, yndi?"

"Cer di adre, Nansi. Cer di adre, 'mach i."

"'Di'm yn dywydd i fod allan."

"Paid â'n gadael ni, Nansi. Ddim dwywaith, e?"

"Cer di adre, cariad."

"Am dywydd ofnadwy."

"Dyna ti 'ngwas i. Aros di efo dy fam."

"Edrycha di ar ei hôl hi."

"Edrych ar ôl."

"Da'r hogyn."

"Da."

Dilynodd Gwyn Nansi, a dweud dim, ac wnaeth hi ddim troi ei phen, ond pan gyrhaeddodd hi giât y dreif blaen brysiodd heibio iddi. Rhedodd Gwyn i ddal i fyny.

"Dach chi wedi methu'r giât."

"Dwi'm wedi methu'r un giât." Roedd ei hwyneb yn asgwrn a chyn deneued ag un dyn.

"Ble dach chi'n mynd?"

"Ble ti'n feddwl?"

"Allwch chi'm cerdded dros y bwlch yn y tywydd yma!"

Roedd y ffordd yn mynd uwch ben y tŷ ac o dan y Bryn, a syrthiai'r glaw mor drwm fel mai dim ond stingoedd a choed y gellid eu gweld ac roedd y caeau yn wyn. Curai cnawd Gwyn gyda chleisio'r dŵr, ac roedd ei geg yn hongian ar agor.

"Be dwi fod i neud?"

"Gwna di fel fynni di, gog."

"Mae Huw'n deud bod raid i mi aros!"

"Arhosa 'ta."

"Does dim bwys gynnoch chi?" Roedden nhw wedi cyrraedd giât y dreif cefn. "Dach chi'n hidio dim? Amdana i? Amdano fo? Am y lle yma? Wnaethoch chi 'rioed hidio!"

"Does 'na'm digon o bapurau punt yn Llundain i —"

"Dwi'n aros, Mam! Dwi'n aros!"

Pellhaodd Nansi oddi wrtho, a'i adael wrth y giât.

"Mam!"

Trodd Nansi ond wnaeth hi ddim stopio. Cerddodd wysg ei chefn i fyny'r ffordd, yn gweiddi, a golchodd y glaw yr awyr yn lân o'i geiriau a thoddi ei hwyneb gofidus, a thorri'r amlinell dywyll ohoni yn we pry cop heb adael staen, a gwyliodd Gwyn am ychydig y man di-nod lle roedd hi wedi bod, yna dringodd dros y giât.

PENNOD 27

Eisteddodd Alison yn y ffenest yn sychu ei gwallt gyda lliain. Roedd hi wedi clywed llawer o symud yn y tŷ, ac roedd Roger wedi clecian i mewn ac allan o'i lofft a bellach roedd o'n rhedeg bath.

Edrychai wyneb y tanc pysgod fel piwter dan y glaw. Ymddangosodd Nansi ar y dreif a brysio i ffwrdd, a dilynodd Gwyn hi yn arafach gyda chês ym mhob llaw. Gwingodd yn y glaw, ac yna codi ei ben i ddal y dŵr yn ei geg. Edrychai'r cesys fel petaen nhw'n rhwygo ei freichiau o'i ysgwyddau. Roedd ei ddwy arddwrn fodfeddi'n is na gwaelod ei ddwy lawes, ac roedd y macintosh wedi rhychu i fyny at ei beneliniau. Dilynodd Nansi ar hyd y dreif, heibio'r stablau, ac o'r golwg.

Trodd Alison y lliain yn dynn am ei phen a mynd i lawr y staer at y landing cyntaf. Roedd tapiau'r bath yn rhuo.

"Roger?"

"Be?" Pesychodd a charthodd.

"Oes 'na rywbeth yn bod?"

"Mae'n ffiaidd."

"Dwi'n meddwl eu bod nhw wedi mynd rŵan," meddai Alison. "Nansi a Gwyn. Sleifio i ffwrdd ddiwrnod yn gynnar pan does 'na neb yma. Bydd Mami'n wallgo. Be wnawn ni?"

"Dwi'n cael bath. Y bali plu 'na."

"Roger, ddylwn i fynd ar eu holau nhw?"

Roedd Roger yn pesychu gormod i ateb.

Aeth Alison i lawr i'r stafell gotiau am ei hanorac ac yna allan ar draws y lawnt, ei gwallt yn dal yn ei dyrban. Roedd y glaw fel wal.

Mae'n rhaid eu bod nhw wedi mynd am dacsi. Y blwch teliffon? Ia, mae'n rhaid. Mi wna i eu dal nhw yn fan'no.

Gostyngai'r ffordd rhwng bencydd uchel. Ar y gwaelod roedd y bont o lechi gwael, a gwelodd Alison ddyn yn tyfu allan o'r glaw a'r cerrig wrth iddi ddynesu. Pwysai Huw Hanerob ar y bont gan wylio'r llif yn codi. Gwisgai sach dros ei gefn oedd bron â chyrraedd y llawr. Roedd un gornel yn cyrraedd ei sgidiau.

Oedodd Alison. Tynnodd ei thyrban a rhoi'r lliain dros ei braich gan ysgwyd ei gwallt yn rhydd yn y glaw.

"Helô," meddai Huw. "Gwlyb, tydi?"

"Dach chi wedi gweld Nansi a Gwyn?" meddai Alison.

"Roedden nhw'n mynd am y siop. Fyddan nhw ddim yn hir."

"Dach chi'n siŵr?" meddai Alison. "Dwi'n meddwl eu bod nhw'n gadael."

"Mi fyddan nhw'n ôl cyn hir," meddai Huw. "Wnawn nhw ddim gadael."

"Pam oedden nhw'n cario'u cesys?" meddai Alison.

"Ymarfer, hwyrach?" meddai Huw. "Rŵan pam dach chi'n gwlychu mor ofnadwy? Dach chi ddim wedi arfer efo fo fel fi. Annwyd gewch chi. Dwi'n mynd yn ôl am y tŷ ... dowch chithe rŵan."

Trodd Alison gerfydd ei braich. "Mae gen i rywbeth i chi," meddai. "Anrheg."

"Anrheg? I mi?" meddai Alison. "Dydi hi ddim yn benblwydd arna i."

"Pobl grintachlyd sy'n aros am benblwyddi," meddai Huw. "Na, na, dim ond anrheg ydi hwn."

"Be ydi o?" meddai Alison. "Dach chi'n siŵr eu bod nhw'n dod 'nôl?"

"Anrheg," meddai Huw. "Dwi'n berffaith siŵr."

Cyrhaeddodd y ddau gefn y stablau. Tynnodd Huw set o allweddi allan a'u lledu'n hanner cylch. Roedd pob un wedi'i gwisgo'n llyfn yn ei boced.

"Dach chi 'rioed wedi bod yn fy mhatsh i, naddo?"

"Naddo," meddai Alison. "Edrychwch, mae'r drws yna ar agor."

"Ydi, mae'n rhydd rŵan," meddai Huw.

"Rhaid i mi ddeud wrth Roger. Be sy mewn 'na?"

"Dim byd," meddai Huw. Agorodd ei ddrws gwyrdd isel ei hun ac arwain Alison i mewn. "Esgusodwch y llanast."

Roedd hi'n stafell o gerrig moel a tho ar ogwydd gyda distiau anferthol, ac ar yr olwg gyntaf doedd dim arwydd fod neb yn byw yno. Stafell geriach mewn hen feudy oedd hi, yn llanast o focsys a chratiau, tuniau paent, drymiau olew, rhaffau, gyrdd, teclynnau rhydlyd, a thuniau o hoelion, ffyn a brwsh llnau simdde. Doedd dim dodrefn, ond roedd estyll pren wedi'u gosod ochr yn ochr fel pont dros ddau drawst, ac arnyn nhw gwelodd Alison flancedi, a sach o wellt fel gobennydd.

"Dach chi'n – byw – fan'ma?" meddai.

"Ydw," meddai Huw. "Erioed."

"Ers pryd?"

"Erioed. Dwi ddim yn un da am gyfri blynyddoedd."

"Ond does 'na nunlle i eistedd, na choginio, dim dŵr, dim tân. Sut dach chi'n ymdopi? Be sy'n digwydd yn y gaeaf?"

"Mae'r gaeaf yn oer, yndi," meddai Huw.

"Ble dach chi'n cadw pethau?" meddai Alison. "Dillad."

"Dwi'n gwisgo dillad," meddai Huw. "Ac mae gen i'r cwm i gyd i gadw pethau. Ond pethau arbennig – fan hyn."

Ymbalfalodd yn y blancedi.

"Anrheg i chi," meddai.

"Dwi'm isio fo," meddai Alison. "Hen dric gwael 'di hynna."

Estynnodd Huw y bocs iddi. "Chi pia fo," meddai. "Mae'r anrheg tu mewn."

"Dwi'n gwbod be sy tu mewn. Dwi'm isio fo." Gwasgodd ei hun yn erbyn cist fetel. "Peidiwch â dod a fo'n agos ata i."

Agorodd Huw y bocs. "Anrheg arbennig gan y bachgen. Gofynnodd yn arbennig. Y cwbl wnes i oedd rhoi'r hen garrai 'na arno fo."

"Be?" Edrychodd Alison i lawr ar y bocs roedd Huw yn ei ddal o'i blaen hi. Roedd y llechen loyw yn pelydru, a siâp yr ael a'r llygad yn pefrio yn y golau gwan. Roedd carrai ledr wedi'i rhoi drwy'r twll fel bod modd i'r gadwen gael ei gwisgo.

"Mae o'n deud ei bod hi'n hen iawn." Cododd Huw y gadwen allan o'r bocs.

"Mae'n ofnadwy – alla i'm diodde hyn."

"Chi pia fo. Dywedodd y bachgen y dylwn i ei roi i chi fel anrheg."

"Na."

"Mae o am i chi ei gael o, ond mae'n rhy swil i'w roi ei hun."

"Rhowch o i gadw! Plis! Mae'n ormod!"

"Na, na, rhad iawn, dim byd o gwbl. Ro'n i'n deud wrtho fo i'w roi o ei hun, fachgien, ond na, rhowch chi o iddi medda fo, a deud mai gen i mae o. Mae o'n hogyn clên."

"Na – Plis na!"

Cododd Huw y gadwen a llithro'r garrai dros ei phen.

"Dyna ni. Anrheg i chi."

Gwisgodd Roger ddillad glân. Roedd y plu wedi bachu ym mhobman, a'r llwch a'r arogl yn dal yn afiach yn ei gorn gwddf. Agorodd ddrws y stafell molchi i glirio'r awyr – a gwelodd Huw Hanerob yn dod yn ôl o'r stablau. Roedd y glaw yn symud y tu ôl iddo, berwai'r pridd fel petai'r og yn ei ddilyn, ac roedd yn cario Alison dros ei ysgwydd.

"Be sy?" galwodd Roger.

"Llewygu wnaeth hi. Dim ond anrheg gan yr hogyn ... wedyn clec ar y gist."

"Ydi hi wedi brifo?"

"Gadewch ni mewn reit handi, ac ewch i nôl y bachgen."

Rhedodd Roger i'r gegin.

"Rhowch follt ar y drws," meddai Huw. Rhoddodd Alison i orwedd ar y bwrdd.

"Be sy'n bod arni?" meddai Roger. "Pwy grafodd ei hwyneb hi?"

Roedd boch Alison yn sgriffiadau coch o'r un maint a'r un

lled rhyngddynt, ond edrychai fel petaen nhw o dan y croen. Doedd dim gwaed.

"Ewch i nôl y bachgen," meddai Huw. "Dwedwch wrtho i frysio."

"Angen doctor mae hi," meddai Roger.

"Ewch i nôl y cog!" gwaeddodd Huw, cyn martsio Roger at y drws a'i daflu allan.

"Mae'n wlyb, y twmffat! Gad fi mewn! Dim ond newydd newid ydw i!" Roedd Huw wedi bolltio'r drws. Brysiodd Roger at y stafell gotiau, ond yn rhy hwyr, ac roedd y drws ffrynt wedi'i gloi.

Rhedodd yr holl ffordd i lawr y dreif a'r ffordd at y blwch teliffon. Roedd y llinell yn fud – tawelwch yn ei glust. Aeth i mewn i'r siop.

"Ia?" meddai Mrs Richards.

"Teliffon," meddai Roger.

"Llinellau i lawr," meddai Mrs Richards. "Coeden wedi cwympo ar y ffordd. Tywydd ofnadwy, tydi? Maen nhw'n deud ei bod hi'n waeth i fyny'r cwm."

"Sut ga i afael ar ddoctor?"

"Ddoi di'm o hyd i ddoctor. Pam wyt ti isio doctor?"

"Miss Alison. Mae hi wedi llewygu, neu wedi taro'i phen. Dwi'm yn gwbod."

"Cer i chwilio am Gwyn," meddai Mrs Richards. "Mi fyddwch chi'n iawn. Y greadures. Cer i chwilio amdano fo rŵan. Mae o i fyny yn y tŷ."

Bagiodd Roger allan o'r siop.

"Gwyn! Gwyn! Gwyn!"

Chwiliodd yn yr ardd cyn belled â'r goedwig. Brwydrodd

drwy ddail poethion a chors at y dreif, a phan gyrhaeddodd
dir gwastad, doedd o prin yn gallu sefyll. Roedd Gwyn yn
dringo dros y giât o'r ffordd.

"Gwyn!"

Eisteddodd Gwyn ar y giât.

"Gwyn! Mae Hanerob isio ti! Mae'n deud i frysio! Y gegin!
– Aros amdana i!"

Ond aeth Gwyn heb ddeud gair wrth Roger. Oddi tano
roedd y goedwig yn dal sŵn oedd yn dod yn nes, ond a oedd
yn anodd ei leoli'n fanwl ymysg y coed, a'r glaw a'r afon oedd
yn gandryll mewn llif, ac roedd yr un sŵn ei hun yn
gyfanswm o'i holl synau. Os rhywbeth, roedd yn sŵn y
gwynt ar y bwlch a'i adlais yn y cwm, neu roedd yn sŵn
tylluanod yn hela, er na chlywodd erioed gymaint, erioed
llond coedwig o dylluanod.

"Huw! Huw, ddyn! Huw! Huw!" Daliodd Roger i fyny â
Gwyn wrth i Huw agor y bolltiau. "Be sy? Be ddigwyddodd?"

"Ty'd i mewn, fachgien."

Gorweddai Alison ar y bwrdd, a siaced Huw drosti.
Glynai'r plu wrthi a nofio o'i chwmpas. Ysgubodd Huw nhw
oddi arni, ac wedi troi mewn cylchoedd yn y gwres, glaniodd
y cyfan yn ôl arni.

"Y pŵer ydi o," meddai Huw. "Mae o ynddi rŵan, yn
ddrwg. Dyma ni, fachgien."

"Be dach chi isio i mi neud?" meddai Gwyn.

"Ei helpu hi."

"Hi fan'na, neu hi tu allan?"

"Yr un ydyn nhw rŵan," meddai Huw.

Trawodd y gwynt y tŷ. Hedfanodd blodau a brigau heibio,

wedi'u rhwygo o'r gwrychoedd, craciodd dentaclau'r clematis ar y waliau a glynodd dail i'r ffenestri yn y wal a'r to mewn hydref gwyrdd. Golchodd y glaw nhw i ffwrdd, crafodd cerrig mân dyllau bychain o olau dydd i mewn. Daeth mwy o ddail.

"Dwi wedi aros i'ch helpu chi a'r cwm, ddim rhain," meddai Gwyn. "Dydi'r ddau yma'n ddim."

"Chi ydi'r tri. Chi sydd wedi neud hyn efo'ch gilydd," meddai Huw.

"Dwi'm yn mynd i neud dim byd iddyn nhw. Dwi wedi cael digon."

Ysgubodd Roger y plu oddi ar Alison. Roedden nhw'n troi mewn cylchoedd a glynu: troi mewn cylchoedd a glynu: dawns y tylluanod yn y llwch. Roedden nhw'n symud ar y nenfwd a'r waliau, a dechreuodd weld y patrymau oedd wedi dilyn Huw yn y glaw: llygaid ac adenydd a miniogrwydd: cylchoedd o lygaid melyn a düwch: yn y trawstiau a'r muriau a phlu dros y lle. Ni fu erioed y fath blu. Brwsiodd nhw oddi ar ei boch hi. Sgrechiodd Alison, a gwelodd Roger dair llinell yn crafu o'i thalcen i'w gwddw, ac ar ei dwylo, a dim hollt yn ei chroen.

"Rhowch y gorau i'ch clebran a gwnewch rywbeth!" meddai Roger. "Tynnwch y plu 'ma oddi arni! Tynnwch nhw!"

"Dwi ddim yn gwbod be i'w neud," meddai Huw.

"Mi ddywedoch chi eich bod chi'n gwbod," meddai Gwyn. "Be sy wedi mynd o'i le?"

"Ti."

"Pam fi? Dwi yma. Dwi'm wedi rhedeg i ffwrdd. Mi

wnaethoch chi ddeud mai fy nghwm i oedd hwn, a dwi'm wedi rhedeg i ffwrdd. Mi wnes i addo peidio. Mi wnes i roi fy ffydd ynoch chi neithwr ac mi ddois i'n ôl. Dangoswch i mi be i'w neud."

"Alla i ddim – dweud."

"Be?" meddai Gwyn.

"Dim ond teimlo fydda i. Wastad yn dylluanod, wastad yn ein chwalu ni. Pam fod raid iddi weld tylluanod o hyd ac nid blodau? Mae hi wastad yr un fath."

"Be dach chi isio i mi neud?" meddai Gwyn.

"Gofalu amdani. Ei chysuro hi."

"Alla i ddim."

"Cysura hi."

"Alla i ddim, ddyn. Unrhyw beth arall. Does gynnoch chi'm syniad be mae'r ddau yma wedi'i neud. Alla i mo'i chyffwrdd hi."

Crynodd Alison. Crafangodd marciau ar hyd ei choesau.

"Mae hi'n dod, ac mi fydd hi'n defnyddio beth bynnag fydd hi'n dod o hyd iddo, a dim ond casineb sydd ynot ti," meddai Huw. "Yn dragywydd ac yn dragywydd."

Roedd ceg Gwyn yn dynn.

"Gwna ymdrech," meddai Huw.

"Wnaethoch chi ddim deud mai fel hyn fyddai hi," meddai Gwyn. "Alla i ddim."

"Ymdrech. Cysur."

"Na."

"Cysur."

Ysgydwodd Gwyn ei ben.

Chwalodd y ffenest fach yn y to wrth i gangen ei tharo,

ond roedd y weiars oedd yn y gwydr yn llwyddo i rwystro'r pwysau rhag dod i mewn, ac yn y tywyllwch roedd y plu a'r llygaid a'r crafangau yn crafu a symud. Tywalltodd y glaw i'r gegin. Doedd dim lliw yn wyneb Alison heblaw am y crafiadau. Roedd ei hanadl yn fyr ac yn wan.

"Elli di mo'i stopio fo?" meddai Roger.

"Mae o'n gallu," meddai Huw, "ond dydi o ddim eisiau."

"Elli di ddim ei orfodi o? Pam ddim?"

"Roedd o wedi'i frifo gormod. Mae'n gwrthod dweud."

"Wnei di mo hyn," meddai Roger. "Ali ydi hi."

Symudodd Gwyn yr un fodfedd.

Estynnodd Roger ei law, ond roedd Gwyn yn ei anwybyddu. "Gwyn." Siaradai Roger yn dawel. "Fy mai i ydi o. Fi oedd o. Ddim Ali. Wnaeth hi 'rioed chwerthin am dy ben di. Doedd pethau ddim fel ddwedais i. Mi wnes i droi pethau. Mae'n ddrwg gen i. Paid â gadael iddo fo ddigwydd, Gwyn. Os wyt ti wir yn gallu'i stopio fo, paid â gadael iddo fo ddigwydd."

Trodd Gwyn ei ben ac edrych ar Roger. Gwelodd Roger y cwestiwn yn ffurfio yn ei lygaid, a gwelodd fod Gwyn yn gwybod.

"Iawn, Gwyn?"

Rhewodd y glesni yn y llygaid, ac mewn llais araf, dywedodd Gwyn, "Cer i'r diawl – babi Mam."

Roedd y waliau yn newid ac yn troi'n ferw o blu. Siaradodd Gwyn eto, ond prin allai Roger ei glywed drwy'r tywyllwch. "Ia. Ia, Gwyn." Roedd cefn ei ben a'i asgwrn cefn yn dyllau gweigion. Roedd cyfog yn ei wddw. Allai o wneud dim i ateb y geiriau. Y cwbl allai o ei wneud oedd dal ei feddyliau yn eu herbyn, achos os na fyddai'n gwneud hynny byddai'n cael ei ddinistrio gan y düwch chwerw.

"A sut mae'r Birmingham Belle? Yn dal i ganu?"

"Ydi, Gwyn."

Doedd dim mwy.

Arhosodd, ond doedd dim mwy, ac yn y tawelwch wedi i'r poen ddiflannu doedd dim dicter. Safai Gwyn ar ei ben ei hun. Roedd Huw yn ei gwrcwd ger y stof. Edrychodd Roger ar y ddau, y dyn a'r bachgen. "Druan ohonoch chi," meddai.

Aeth at Alison a chasglu'r plu a orweddai arni.

"Druan ohonoch chi."

"Mae o wedi'i frifo gormod – mae hi eisiau bod yn flodau – a chithau'n gneud tylluanod a hithau yn hela—"

"Dyna fo?" meddai Roger. "Dyna'r cwbl ydi o? Mor hawdd â hynny?"

"—ac felly yn dragywydd ac yn dragywydd ac yn dragywydd—"

"Hei, Ali, glywaist ti?" Ysgubodd Roger y plu o'r neilltu. "Ti wedi'i gael o o chwith, y lemon gwirion. Ddim tylluanod ydi hi. Blodau ydi hi. Blodau, blodau, Ali." Anwesodd ei thalcen. "Ddim adar wyt ti. Blodau wyt ti. Fuest ti 'rioed yn ddim byd arall. Ddim tylluanod. Blodau. Dyna ni. Paid â phoeni."

Ystwyriodd Alison.

"O ia, blodau ydyn nhw! A ti'n gwbod hynny! Blodau, Ali. Gan bwyll bach, rŵan. Blodau. Blodau. Blodau. Yn dawel. Blodau—"

Tynnodd Roger siaced Huw yn uwch, a phlygu'r goler rhag y glaw. Tynnodd Alison y goler i lawr rhwng ei hysgwydd a'i gên. Chwarddodd Roger.

"Blodau. Blodau. Dyna ti." Pylodd y marciau ar ei chroen, a diflannodd y tyndra yn ei hwyneb wrth iddi anadlu i rythm ei law ar ei thalcen. "Dyna welliant. Dyna fo. Ia, ia, wrth gwrs mai blodau ydyn nhw. Be arall allai'r platiau 'na fod? Pam na wnest ti dorri'r patrymau yn flodau o'r cychwyn cynta, yr hogan wirion?"

"Myn coblyn," meddai Huw.

Cyffyrddodd rhywbeth yn llaw Roger. Dechreuodd ei sgubo i ffwrdd, ond roedd 'na ormod. Edrychodd i fyny.

"Helô, Ali."

Ac roedd y stafell yn llawn petalau o'r ffenest a'r trawstiau, ac o'u cwmpas roedd persawr, a phetalau, a blodau'n disgyn, yn disgyn – banadl, erwain a blodau'r dderwen.

Ôl-nodyn yr awdur

Mae *Llestri'r Dylluan* yn fath o stori ysbryd, mewn bywyd go iawn yn ogystal ag ar bapur. O'r cychwyn cyntaf digwyddodd pethau nad oedd wedi digwydd gyda'm llyfrau cynharach.

Dechreuodd pan ddarllenais i hen chwedl Gymreig am Lleu, a'i wraig Blodeuwedd gafodd ei gwneud o flodau ar ei gyfer. Yn ddiweddarach syrthiodd hi mewn cariad gyda Gronw Pebr, a rhwng y ddau llwyddo i ladd Lleu. Daeth Lleu yn ôl yn fyw drwy hud a lledrith, a lladdodd Gronw drwy daflu gwawyffon gyda chymaint o nerth, aeth hi drwy'r garreg roedd Gronw'n cuddio y tu ôl iddi. Enw'r garreg hyd heddiw, yn ôl y chwedl, yw Llech Ronw. Cafodd Blodeuwedd, oherwydd ei rhan hi yn llofruddiaeth ei gŵr, ei throi yn dylluan.

Pan ddarllenais i'r chwedl, teimlais nad stori hud a lledrith oedd hi yn unig, ond trasiedi tri unigolyn sy'n difa ei gilydd, nid oherwydd unrhyw fai arnyn nhw ond oherwydd iddyn nhw gael eu gorfodi at ei gilydd. Stori fodern oedd hi: y syniad y gellid cael tri unigolyn, am ryw reswm, yn methu dianc rhag ei gilydd, a dechreuais feddwl sut y gallwn i ddod â nhw i'r sefyllfa honno, a sut fath o bobl allen nhw fod er mwyn ymwneud mor giaidd â'i gilydd ac eto bod yn ddiniwed yn y bôn.

Arhosodd y chwedl yn fy meddwl am sawl blwyddyn, ac yna un diwrnod dangosodd fy mam yng nghyfraith hen set o lestri i mi. Roedd hi wedi sylwi y gallai'r patrwm blodeuog rownd yr ymyl gael ei weld fel corff, adenydd a phen tylluan. Tresiodd fy ngwraig, Griselda, y patrwm, chwarae ychydig gydag o, ei blygu a dyna ni – model o dylluan bapur, a roddodd hi ar gefn y gadair.

Tylluan wedi'i chreu o flodau. Merch wedi'i chreu o flodau a'i throi yn dylluan. Gwelais yn syth mai yma, yn y set o lestri, yr oedd fy stori fodern, wedi'i seilio ar y chwedl. Ond er hynny, daeth dim byd am hir iawn. Yna, drwy gyd-ddigwyddiad, aethon ni i aros mewn tŷ mewn cwm anghysbell yn ardal Llanymawddwy yng Ngwynedd. O fewn oriau o gyrraedd gwyddwn fy mod wedi dod o hyd i leoliad y stori, neu roedd y lleoliad wedi dod o hyd i mi. Roedd ei awyrgylch yn ffitio'r chwedl wreiddiol a natur y llestri. Dechreuodd syniadau dyfu. Beth petai tri unigolyn yn dod yma i'r tŷ hwn a dod o hyd i'r platiau? Beth petai pŵer y chwedl i mewn yn y platiau, fel set o fatris? Daeth siâp ar y stori. Edrychais o'm cwmpas am fwy o syniadau. Roedd y tirwedd yn gweddu i'r disgrifiadau yn y chwedl. Roedd pob dim lle y dylai fod. Gallai'r chwedl fod wedi digwydd yma. Wrth i mi sefyll ar y rhiniog fin nos, yn hel meddyliau, hedfanodd tylluan heibio gan gyffwrdd fy wyneb â'i hadenydd.

Roedd y teimlad o ddarganfod, yn hytrach na chreu, stori yn dal i fynd. Roedd y cyfan yno, yn disgwyl, a fi oedd yr archeolegydd yn cloddio'r pridd i ddangos yr esgyrn.

Roedd Dafydd Rees yn 81 oed, ac yn cael ei adnabod yn y cwm fel clochydd, oherwydd ei fod wedi canu cloch yr eglwys am 65 mlynedd, wedi i'w ewyrth ymddeol ar ôl saith deg mlynedd yn gwneud yr un swydd. Roedd Dafydd wedi gweithio fel gofalwr a garddwr y tŷ ers 1898. Roedd o'n gymorth mawr i mi, gan iddo rannu gyda mi ei wybodaeth o'r cwm, ei hanes, ei draddodiadau, ei chwedlau. Geiriau Dafydd wrthyf fi yw pob dim mae Gwyn yn ei ddweud wrth Alison yn y llyfr. Ond er y gwyddai Dafydd fy mod yn ysgrifennu stori am y cwm, ni soniais erioed wrtho am y chwedl, nac yntau wrthyf fi. Felly roedd hi'n sioc un diwrnod pan ro'n i'n cerdded yn y glaw, i mi ddod ar draws Dafydd yn eistedd wrth glawdd, a sach am ei ysgwyddau, yn crafu darn o lechen wastad gydag un bigog. Eisteddais a sgwrsio, ac edrych ar yr hyn roedd o'n ei neud. Roedd wedi crafu'r gair 'Blodeuwedd' ar y llechen.

"Be ydi hwnna?" gofynnais.

"Enw," meddai Dafydd.

"Allwch chi sôn wrtha i amdano?"

"Dim ond enw ydi o," meddai Dafydd, a thaflu'r llechen yn yr afon.

"Oes rhywun wedi'i ladd yma erioed?" meddwn.

"Oes," meddai Dafydd.

"Sut?"

"Bwa a saeth. Roedd un o'r Gwylliaid Cochion yn sefyll draw fan'cw ac mi saethodd y dyn wrth garreg wrth yr afon. Hwyrach ei fod o wedi dianc o syrcas Byffalo Bill oedd yn Nolgellau ar y pryd, y Gwylliad hwnnw. Stori fach ryfedd, tydi?"

Ond soniodd Dafydd yr un gair wrthyf am na Lleu na Blodeuwedd na Gronw Pebr, a gwyddwn mai gwell fyddai peidio gofyn.

Gwnaethpwyd y llyfr yn gyfres deledu, a fi ysgrifennodd y sgript, a chafodd ei ffilmio yn y cwm. Roedd yn brofiad anodd i mi, oherwydd bod cymeriadau – a oedd wedi byw yn fy mhen cyhyd – yn awr yn y cwm o ddifrif ac yn dweud y geiriau ro'n i wedi'u hysgrifennu. Roedd yr hyn a fu yn fy meddwl bellach yn digwydd o 'mlaen i. Roedd fel rhyw fath o wallgofrwydd hudol. Ond, ar ôl naw wythnos, daeth y cyfan i ben, a'r holl ganolbwyntio a oedd wedi creu'r stori a gwneud yr actorion yn fwy na realiti wedi gorffen ar amrantiad, yr eiliad ddywedodd y Cyfarwyddwr, "*Cut!*"

Stopiodd y camerâu, diffoddwyd y goleuadau, cafodd y gêr ei roi i gadw, y dillad eu pacio, yr actorion eu llnau o'u colur a mynd ar eu hynt, i fod unwaith yn rhagor yn unigolion, byth i fod gyda'i gilydd yn y berthynas honno eto. Aethon nhw i ffwrdd.

I mi, yn y cwm lle ro'n i wedi lleoli'r stori, roedd yn deimlad o golled. Doedd y cwm ddim wedi newid. Roedd yn union fel y bu cyn i mi erioed ei weld. Am rai wythnosau hurt o brysur roedd fy meddyliau wedi magu siâp, wedi symud fel pobl yn y tirlun lle ro'n i wedi'u dychymygu. Ond bellach roedden nhw wedi mynd, ac roedd popeth yn dal yr un fath ag erioed.

"Roedd yn amser da," ysgrifennodd Dafydd mewn llythyr yn ddiweddarach. "Rydw i wedi bod at y garreg. Mae hi'n unig yn awr."

Alan Garner

Ôl-nodyn yr addasydd:

Doedd cyfieithu'r nofel hon ddim yn hawdd o bell ffordd! Mae hi wedi ei lleoli yng Nghymru, ond Saesneg yw iaith y rhan fwyaf o'r cymeriadau. Yn y gwreiddiol, mae Saesneg Huw Halfbacon yn glapiog iawn, ond roedd hi'n anodd cyfleu hynny drwy gyfrwng y Gymraeg heb iddo unai swnio'n gwbl hurt neu ymylu ar yr annealladwy, felly mae ieithwedd Huw yn eithaf dealladwy ac weithiau'n swnio'n hynafol yn y cyfieithiad hwn, yn dibynnu ar stad ei feddwl.

Gan fod y cyfan yn digwydd yn ardal Llanymawddwy, ymdrechais i ddefnyddio'r acen a'r eirfa leol, fel 'shetin' a 'stingoedd' am 'gwrych a 'gwrychoedd' ac mae yma ambell gog a lodes, yn bennaf ymysg y to hŷn, ond mae 'bachgen' neu 'fachgien' a 'hogan' yn cael ei ddefnyddio yn yr ardal hefyd. Ymgynghorais gyda gwraig fferm leol, fy nghyfaill Delyth Jenkins, ynglŷn ag ambell ymadrodd fel 'hidio' yn hytrach na 'malio' a 'rhoi pelten' yn hytrach na 'slaes'. Ond er mai benywaidd yw 'plât' i nifer o bobl yr ardal, yn fy nghynnwys i, penderfynwyd yn y diwedd mai gwrywaidd fyddai'r platiau yma, gan fod y rhan fwyaf o weddill Cymru – a'r geiriaduron – yn mynnu mai 'y plât hwn' sy'n gywir. Mae'n rhaid cyfaddawdu weithiau ...

Roedd angen penderfynu pwy fyddai'n galw pwy yn 'ti' a 'chi' hefyd, a phenderfynais y byddai Huw yn galw pawb ond Gwyn yn 'chi', ac y byddai pawb ond Gwyn yn galw Huw yn 'ti' gan mai gwas oedd o yn eu llygaid nhw.

Yn y nofel wreiddiol, mae Alan Garner wedi rhoi B fawr i 'bryn', boed yn enw'r tŷ neu yn fryn penodol, a chan fod y Bryn yn gwbl ganolog i'r stori, phenderfynwyd dilyn yr un patrwm yn yr addasiad. Yn ogystal, rhoddodd yr awdur enwau fel 'Ravenstone' a 'The Black Hiding' ar greigiau lleol, ond wedi i mi ymgynghori gyda Simon Hefin, ffermwr lleol, roedd o'n eithaf siŵr mai cyfeirio yr oedd o at Tap Nyth yr Eryr a'r Ogof Ddu, sef mannau penodol yn ardal Llanymawddwy, felly dyna'r enwau rwyf wedi eu defnyddio.

Bethan Gwanas